一堂好课

周晓晗——主编

山東文藝出版社

果麦文化 出品

序言

点亮思想之光，嘉奖向学之心。

这是由中央广播电视总台央视综艺频道和喜马拉雅联合出品的《一堂好课》节目。

各位同学好，我是《一堂好课》的班主任康辉。

人生处处是课堂，人生处处遇名师。

古往今来，兴衰更替。名师好课，熠熠生辉。

两小儿在孔夫子面前辩斗太阳何时离人们最近，他们给孔夫子上了一堂独立思考的思辨好课。

蔺相如智勇双全，完璧归赵，他给秦昭王上的是一堂维护国家尊严的策略好课。

西汉名将陈汤千里单骑，浴血黄沙，给镇守边疆的众将士上了一堂“明犯强汉者，虽远必诛”的信念好课。

唐代名相魏征直言敢谏，给李世民上了一堂铭记居安思危的君德好课。

所有的这些故事都告诉我们：无论是怀揣梦想的个人，还是蓄势待发的团队，在前进的道路上都需要一堂好课。不论是一言兴邦，还是一句话点醒梦中人，这都是一堂好课的意义。

从现在开始，《一堂好课》要正式和大家见面了。

取法其上，得乎其中。我会邀请十二位大家，分别从国学、艺术、军事、体育等各个领域，为大家传道、授业、解惑。

点亮思想之光，嘉奖向学之心。《一堂好课》马上开始！

康辉

目录

文学课

主讲人　**王　蒙**

作家、学者，曾任原中华人民共和国文化部部长，被授予“人民艺术家”国家荣誉称号，已出版《青春万岁》《组织部来了个年轻人》《活动变人形》等

康辉：

今天我们一起来上一堂文学课。当面对着同学们一张张年轻的面孔时，我想再给这堂文学课前面加一个定语——青春。青春是什么呢？它当然可以是年华，是岁月，但也可以是心境。因为有的人可能生下来就“老”了，但有的人出走半生，归来仍是少年。青春文学又是什么呢？它当然可以是“慈恩塔下题名处，十七人中最少年”，但为什么不可以是“老夫聊发少年狂”“鬓微霜，又何妨”呢？青春之于人生是无比珍贵的，那么文学之于人生又意味着什么呢？今天我们就一起带着这些问题，来聆听一堂关于青春与文学的好课。现在一起认识一下今天这堂课的几位课代表。

白举纲：

唱作人，2013 年《快乐男声》全国总决赛季军
代表作《耳盲》《野草》等

大家好，我是将青春与梦想、生活与家人谱成音符写成歌的音乐人白举纲。在这些年的歌曲创作经历当中，我深刻地体会到了文字创作对于音乐的重要性。文字对于音乐来说就像一张名片，能够让我们更加直观和清楚地感受到音乐所要传达的意义。许多好的歌曲能够引起听众的共鸣，往往就是因为它们的歌词直抵人心。所以今天我来到《一堂好课》，和大家一起学习更多关于青春文学的知识，谢谢。

“陈情少年”：

由影视剧《陈情令》的演员于斌、宋继扬、郑繁星、李泊文组成的偶像团体

大家好，我们是“陈情少年”：于斌、宋继扬、郑繁星、李泊文。我相信在座的同学可能都跟我们一样，看过很多属于我们那个时代的青春文学作品，有些作品可能已经从脑海中的画面变成了大银幕上实实在在的生动形象。所以我们几位演员想在这一堂课上打开视野，了解更多的人物和他们的青春故事，然后把我们的感受带回到自己的作品当中。谢谢！

费启鸣：

演员，代表作《我在未来等你》

大家好，我是用镜头记录生活，无论遇到什么样的困难都愿意用微笑面对的演员费启鸣。我发现人好像是越长大，越会对青春这个概念有不一样的体会跟理解。所以通过今天这堂课，我希望自己在以后的演艺道路上更加能够保持青春的热忱。

王蒙：

同学们好，现在我们说一说文学与青春这个话题。

文学是对青春的挽留

文学是对时光的一种挽留，文学就是要让青春不老。青春是美好的，它有各种各样的趣味、各种各样的快乐，和各种各样的幻想，但是青春是会过去的呀。那么我们该如何保留自己最青春、最美好、最敏锐的那个时代的种种体会与记忆呢？文学的出现，就让你一下子把很多最美好的东西留下来了。

以《红楼梦》为例。《红楼梦》讲述了四大家族由繁盛走向毁灭的悲剧。用毛泽东主席的话来说，《红楼梦》是四大家族的兴亡史。用鲁迅的话来说，《红楼梦》的特色是“悲凉之雾遍被华林”，到处都是悲凉和残酷。但是《红楼梦》里毕竟有那么多可爱的青年，尤其是少女，她们永远年轻。

由于《红楼梦》的存在，林黛玉永远是那么一个十六七岁的女孩。尽管她生性悲观，却仍然非常犀利而有灵性。她的才能卓异，她在诗歌等各个方面的创作，也比别人来得高级。薛宝钗也是可爱的人。薛宝钗的教养与风度，以及各个方面处理得当的智慧，也给我们留下了深刻的印象。史湘云也不用说了，她喝醉了躺在石头上，满身洒满了落花，那正是青春才有的模样啊。

所以《红楼梦》又是青春的小说，尤其是《红楼梦》描写“芦雪庭联诗”的那一段，那是大观园的“青年联欢节”，是大观园的“文学节”。你能够看到，即使是在“悲凉之雾遍被华林”的时候，生活仍然可以充满着青春的欢乐。

图描绘了贾宝玉祭奠晴雯的场景，清代孙温绘

这样在下雪的时候举行的节日活动，古代别的地方也有。最有意思的就是新疆阿克苏地区的“苏幕遮”活动。苏幕遮又叫初雪节、乞寒节，所谓“乞寒”，就是希望这一年的冬天足够冷。在中国，我们认为这一年的冬天足够冷，来年才能丰收。后来唐明皇把乞寒节上所唱的歌的曲调，改造成了一个名叫“苏幕遮”的词牌。北宋文人范仲淹就有一首很有名的《苏幕遮》：“碧云天，黄叶地。秋色连波，波上寒烟翠……”

其次，文学为现实的世界做了命名与修辞、虚构与畅想、涂染与激活。文学给人的第一印象，是它对人生、对世界的命名。我在8岁时看了此生的第一本课外书。那是一本小学生模范作文选，书中第一篇文章名叫《秋夜》，里面写道："皎洁的月儿升起在天空。"当时的我非常感动，因为我看到了"皎洁"这两个字。从前我看着月亮柔和的光芒，却不知道该怎么形容它。原来月亮的明亮叫作"皎洁"，而不是"光辉""灿烂"，这些词是用来形容太阳的。"皎洁"最好，干干净净，清爽明亮，但又不会刺激你。从此月亮于我就有了一个新的含义：皎洁。

命名是什么？命名就是使世界拟人化，用人的本质的特点去理解这个世界。想象一下，一个婴儿刚刚出生，这个世界对于他是陌生的。但是，随着他开始学会说话，开始知道命名，知道让他吃得饱饱的是妈妈，知道用一双大手过来抱他的是爸爸，那么这个世界就变得离他更近了。命名让这个世界不再陌生了。

我们不但需要命名，还需要修辞，需要对事物加以修饰，需要有更美的理解。同样一杯水，能不能有更美的说法呢？同样一个月亮，能不能有更好的理解呢？这些都是文学的任务，都是文学的施展空间。中国对文学曾有一个非正式的定义，说文学就是"风花雪月"。因为文学里谈到风，"大风起兮云飞扬"；谈到花，"春花秋月何时了"；谈到雪，"孤舟蓑笠翁，独钓寒江雪"；谈到月，"明月几时有，把酒问青天"。正是通过语言和文字，文学使我们对生活的理解不一样了。尤其是爱情，如果没有足够的修辞，能有爱情吗？如果用庸俗、下流的词句来描述爱情，爱情就成了什么东西？爱情还有魅力吗？爱情之所以是美好的，和文学的修辞有着密切的关系。

《阿Q正传》中最让人替阿Q叹息的，就是他向吴妈求爱失败了，因为他不懂得命名，也不懂得修辞。在一个夏天的晚上，他忽然给吴妈跪下说："吴妈，我想和你困觉。"这样说话就不是爱情了，而是性骚扰。所以没有修辞，没有文学，阿Q的举动就涉嫌流氓行为。而如果有了文学，如果阿Q像徐志摩那样说"我是天空里的一片云，偶尔投影在你的波心"，性质就会发生转变，阿Q的命运可能也就改变了。

“青春”就是可以什么都不在乎

写《青春万岁》那年，我才刚刚19岁，能写下这部处女作，正是因为感到生活太美好了。一个青年人，能够参加中华人民共和国的开国大典，是十分幸福的。当时我以中央团校腰鼓队队员的身份，参加了1949年10月1日的开国大典。我亲耳聆听了毛泽东主席在天安门城楼上宣布中国人民站起来了；我还亲耳听到了，当游行的队伍走过城楼前高喊“毛主席万岁”的时候，毛主席用他的湖南口音喊出了“人民万岁”的口号。就是在这样鼓舞人心的日子里，我决心写下《青春万岁》：“所有的日子，所有的日子都来吧，让我编织你们，用青春的金线，和幸福的璎珞[1]，编织你们。”

日子、时代、生活、历史的大手笔，是文学的源泉与根基。我以亲身经历告诉大家，如果一个19岁的人，之前没有写过什么虚构的文艺作品，那么让他一上来就写一部长篇小说，能把他活活压垮。在写作这部书时，我想到这边，落下了那边；想着那边，又落下了这边；有的地方说多了显得啰唆，有的地方不说又觉得不清楚。那段时间，我简直是晚上睡不好觉，白天吃不好饭。但是我有“日子”来支撑着。我的心里，我的记忆里，我的笔记本上，写满了一个又一个美好的“日子”。有这些“日子”做基础，我没上过创作课，没上过正规的大学中文系，没听过艺术理论课，一个大作家都不认识，也没有关系，因为将这些“日子”用青春的金线和幸福的璎珞来编织，就非常美好。璎珞是生活，通过文学得到了编织、渲染、美化，并被赋予新的色彩、新的面貌。可以说，文学是我们按照现实世界，重新缔造的一个语言艺术的世界。

俄国作家屠格涅夫写的青春与中国的青少年体会到的不太一样，但仍然非常动人，让人感叹和难以忘怀。在他的小说《初恋》里，结尾时他写道：

1　原本是古代佛像颈间的一种装饰，后来成为女性的饰物。

俄国作家屠格涅夫肖像画，现藏于俄罗斯国立特列恰科夫美术馆

“啊，青春，青春，你什么都不在乎……连忧愁也给你以安慰，连悲哀也对你有帮助。你自信而大胆，你说，瞧吧，只有我才活着。可是你的时光也在飞逝，消失得无影无踪。你身上的一切，也如日头下的蜡与雪一样，融化干净。”为什么屠格涅夫说青春什么都不在乎？因为他相信前途是远大的，失败了一

次有什么关系呢？这段话中更重要的是，屠格涅夫还说了青春的美好、热烈，和它独有的高调的劲儿。青春高调到什么都不用在乎，连忧愁和悲哀也能给人安慰和帮助。

说到这儿，我必须承认在《青春万岁》的序诗里写的“眼泪，欢笑，深思，全是第一次”这句话，是受了屠格涅夫这段话的影响与启发。对于一个青年人来说，你第一次真正感到伤感地哭了，这难道不值得回味吗？过去你是为了想吃奶哭，是为被打了屁股哭，而这次，你为了自己人生的价值、为自己人生的追求而哭，这当然是一件很有意义的事。

当然，屠格涅夫的话最后又给了我们一点警告，时光会飞逝得无影无踪，一切也会如日头下的蜡与雪一样慢慢融化。这听起来有些沉重，但是我们应该换一个角度去思考：因为有了文学，我们就可以用幸福的璎珞编织日子，保存珍贵的青春，时光就不会那样飞逝，也不会融化得无影无踪了。文学挽留了时光，文学挽留了青春，文学让我们永远不老。

勇者与弱者，文学会如何选择

接下来，我们谈谈文学中的青春与革命。文学渲染了青春的苦恼与不平，文学也点燃了心中的革命火焰。

对于青年人来说，我认为有两件事最能打动他们的心，第一件事是爱情，第二件事就是改革和革命。在20世纪的中国文学里，到处都表现了这种革命的浪潮。巴金在《家》《春》《秋》里面，批评了中国的封建社会对婚姻与爱情的蛮不讲理，对青春的压迫与扼杀，这里包含了革命的元素。

巴金的这些书里还有一个很有趣的现象，就是他总提到一部外国的喜剧作品《夜未央》。“夜未央”这个名字很有意思，它是指黑夜还没有过去，而且处在黑暗当中的时间也非常漫长。

《夜未央》是波兰剧作家廖抗夫的浪漫主义作品。从前，波兰和俄国之间有过许多矛盾，也发生过多次战争。书中，俄国入侵波兰，一个波兰青年想要刺杀俄罗斯的军阀，打算采用人体炸弹的方式完成刺杀任务。

暗杀计划的关键点在于，由参加了革命的恋人给他发信号，这样波兰青年就能在俄国军阀走近时冲过去拉响身上的炸弹。那种浪漫主义的革命热情在巴金的小说中屡屡出现。我们从巴金的小说里可能看不到他关于社会主义革命的成形想法，但可以看到他在作品中梦想着一场铁与血的彻底的革命，一场表现出青年人活力与献身精神的革命。

除了波兰话剧《夜未央》、巴金的《家》《春》《秋》以外，说到青春，我们不得不提到杨沫的《青春之歌》。《青春之歌》的主人公名叫林道静，她由于不接受封建家长指定的婚姻，跑了出来。后来被逼迫到自杀的境地时，她被知识分子余永泽营救。在二人的婚姻中，她和余先生的生活并不幸福，因为余先生是一个具有个人主义色彩的资产阶级知识分子，只求自己的学问，不关心政治与社会，不关心被压迫的工农群众。他只想让林道静做一个家庭妇女、贤妻良母，而这恰恰是她所不能接受的。林道静后来参加了反抗国民党政府、反抗反动政权的学生运动等斗争。被逮捕后，她在与监狱里的共产党人的交流中受到了很大的教育，最终走上了革命的道路。

她的生活轨迹就是从反抗封建家长出发，到脱离家庭，被一个具有个人主义色彩的知识分子帮助，建立了自己的小家庭，却不满足于只关注个体的家庭主妇的生活，直至把自己献给了社会，献给了人民，献给了革命。这是青春的革命化。这部作品于是也得到了各个方面的重视，饰演林道静的演员谢芳也成为受到全国人民欢迎的电影演员，后来还到日本多地去访问。

谈到日本，我想到一位日本的著名女作家，名叫中条百合子。她出生于1899年，在嫁给日本共产党总书记宫本显治后改名为宫本百合子。在她的长篇小说《伸子》中，一个出身高贵的女性嫁给了一个富裕阶层的男子，但是她越来越不能够忍受这样守在家里、和社会完全隔离开的生活；最终，她离开了她的丈夫，参加了革命。虽然百合子在写文章的时候不是共产党员，但她仍表达了青春对社会生活的向往，青春对家国命运的关怀，表现了青春对受苦受难的劳动人民不容置疑的同情。

说到对受苦受难的劳动人民的同情，我们还可以举出法国作家雨果的例子。雨果的《悲惨世界》在中国可以说是家喻户晓，在西方，它还被改编为音乐剧常年上演。里面完全没有革命，但是他写到了阶级的斗争，写到了劳动人民的苦难、社会弱势群体的苦难、受到侮辱的人的苦难，实际上作者也在期待着一场翻天覆地的革命。

契诃夫的大部分作品都是很温柔的，但是他的最后一部短篇小说《新娘》，讲述了一个逃婚的故事：一个普通的女孩被家人安排了一位未婚夫，到了要同他结婚的时候，她突然从家中出走，逃去参加了革命。契诃夫的好朋友苏沃林是一个有爵位的贵族，据说他看完了《新娘》以后，对契诃夫说，青年人是不会用契诃夫写的这种方式去革命的。我愿意相信苏沃林说的是对的，但是文学往往会同情革命，文学往往会向往革命，文学往往会梦见革命，这是真的。因为文学追求理想，文学对于现实总会有各种的困惑，因为文学同情弱者。从某种意义上来说，没有对被侮辱与被伤害的人的同情，就没有知识分子的革命。

那些诞生于"十几岁"的伟大作品

当年苏联描写青春与革命的小说，在中国起到了意想不到的动员和示范作用。关于青春的苏联小说，我们首先会想到《钢铁是怎样炼成的》。乌克兰青年保尔·柯察金在一位水手的教育下，最后成长为坚决参加革命的共产党人。这是在十四个国家派遣了军队想绞杀和扑灭十月革命的时候，一个青年、一个学徒、一个工人怎么样成长为坚定革命者的热血故事。

这本书里的一句话，至今被很多中国的青年奉为箴言。相信大家也听过这句耳熟能详的话："一个人的生命是应该这样度过的：当他回首往事的时候，不因虚度年华而悔恨，也不因碌碌无为而羞愧。这样在临死的时候，他才能够说：'我的生命和全部的经历都献给世界上最壮丽的事业——为人类的解放而斗争。'"这部小说曾经对中国的革命产生过重大的影响，也对当年的十几岁的我产生过重大的影响，这些话会永远在我的脑海里徜徉。

另外一部专门写青年的苏联小说是法捷耶夫的《青年近卫军》：在德军占领乌克兰某座城市的时候，当地的青年组织了青年近卫军。近卫军的领导是一个16岁的共产主义青年团团员，名叫奥列格。他领导男女青年做了大量的宣传工作，还在这座城市被占领的情况下袭击了德军驻地。最后他们不幸被捕，全部牺牲。这个故事并不复杂，但最令人动容的是作者写出了这些青年人的青春美丽、他们的同志情怀、他们的英勇无畏。在监狱里受刑时，他们背诵莱蒙托夫的诗《恶魔》，其中有这样的一句："不，我们既不恐惧，也不忧伤，生活之路并不使我们惊慌。"在德军的包围下，这群人却是那样坚定勇敢，这种献身精神是人们永远不会忘记的。

我们再来看鲁迅，他对青年人也充满了期待。他说过，一批青年人的存在"使我觉得是在人间，是在人间活着"。他在小说《故乡》里写道："我想希望是本无所谓有，也无所谓无的。这正如地上的路，其实地上本没有路，走的人多了，也便成了路。"他就是这样鼓励着年轻人要敢于闯出自己的路，要奋勇前进、不怕失败，走出自己的路。

从所有这些例子中，我们都可以看到青春的文学、文学的青春，它们有着革命性、奋斗性，有着不怕困难、永远向前的精神。

接下来，我们来讲青春的写作。青年人是可以创造纪录，并带给人无限鼓舞的。就拿王勃来说，他九岁的时候就可以纠正《汉书注》里的错误。王勃最有名的作品《滕王阁序》，历史上有说是他20余岁写的，还有说是14岁写的。他虽然不到30岁就离世了，但他对生活的命名与修辞都达到了历史罕见的高度。“落霞与孤鹜齐飞”，彩霞慢慢地暗淡下去，一只大鸟正在彩霞边上飞着，好像正和彩霞一块儿飞。“秋水共长天一色”，因为水很干净，空气也是澄澈的，于是天与水的颜色就变成一样的了。“渔舟唱晚，响穷彭蠡之滨”，在名为彭蠡的湖上，晚上渔船快收工时，渔夫唱起了歌，或者是吹着笛子。“雁阵惊寒，声断衡阳之浦”，大雁从北方往南飞，直到衡阳，那是它们过冬的地方。王勃写得又虚又实又美，他的心中有一个真善美的文学世界。

苏联的诺贝尔文学奖获得者肖洛霍夫在21岁时开始写作《静静的顿河》。肖洛霍夫在书中有一段让人掩卷难忘的场景描写，到现在提起来都会让人全身战栗。女主人公阿克西妮亚被一枪打中了要害，血流如注。她的情人葛利高里抱住了她，血也流到了他的身上。这时候他抬起头来，忽然看到一个黑色的太阳。这段描写十分神奇，而这出自青年人之手。

以色列唯一一位使用本民族语言创作而获得诺贝尔文学奖的作家名叫阿格农，他是从14岁开始写作的。中国当代也有神童作家，生于1936年的刘绍棠，在13岁那年发表了自己的处女作——微型小说《邰宝林变了》。所以，我们鼓励年轻人拿起笔来创作。年轻人虽然可能会欠缺一些生活经验，但是那种精气神、那种敏锐度和那种多情，正是文学创作中宝贵的条件。而若愿意投身于写作，你就应永远保持着青春的心态。

文学之外的意义

文学提升了人们的智慧、感受力与想象力水平，也就是人全面的精神素质与精神能力。文学使生活更青春、更鲜活、更理想，也更热烈。

现在，因为互联网的普及以及多媒体视听艺术的发展，文学的受众看

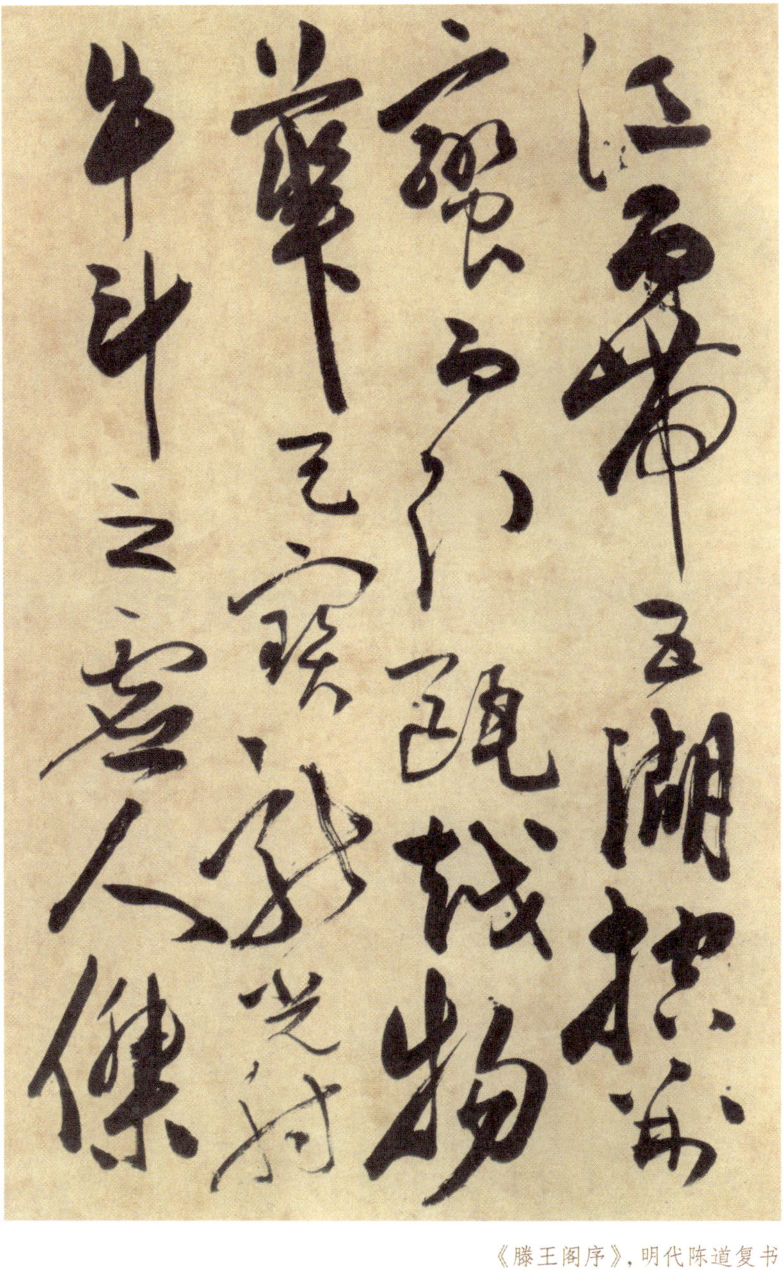

《滕王阁序》，明代陈道复书

起来似乎减少了。文学相比其他艺术表现形式，是最不直观的。打个比方，当年讨论《红楼梦》，大家都是读了这本书以后聚在一块儿谈；现在谈《红楼梦》，大部分人看的是电视剧。

但是，文学是不可替代的。文学是用语言和文字来作为艺术表达手段的，它没有绘画、音乐、戏剧等直观，但是语言是思维的符号。孟子就说，耳朵的作用是听，眼睛的作用是看，但心是用来思维的。思维是可以判断是非的，光看光听，无助于判断是非，只有经过了思维，才有了审美、是非与价值的判断。所以，文学是思维的艺术，能够全面地提高我们的精神素质与精神能力。

说到最后了，我想起自己曾经在开封参观过清明上河园。那里每晚都有歌舞演出，演出的全部歌曲都源自宋朝的诗词。其中一曲是辛弃疾的《青玉案·元夕》。"东风夜放花千树"，正月十五，已经开始有点春天的消息了，树上都挂满了灯，一到夜晚，千树万树就像开了花一样。"更吹落，星如雨"，到处都是灯，像天上的星星雨点般地落在了地上。"宝马雕车香满路，凤箫声动，玉壶光转，一夜鱼龙舞"，那一夜，彩灯上的鱼和龙在欢快地飞舞。辛弃疾本是一个豪放派的爱国词人，但他对上元佳节居然有这样细腻的描写，实在令人感动。

美国纽约有一个组织被称作华美协进社，是包括胡适在内的一批老知识分子创建的。1993年，我在华美协进社做了一次讲话。讲完了以后，一个美国人问我，为什么中国人这么爱国？中国人不论走到哪儿，总是那么牵挂、关注祖国，这是为什么？当时我从比较轻松的角度回答了这个问题，我说，首先因为中国人爱吃中餐，他们有一个"中国胃"；其次，中国人都热爱中国的诗词，他们有"中国心"。所以中国人的爱国是"心腹"之爱，中国的文学表达的是中国的灵魂，表达的是历史的光辉和未来的机遇。

我们不可能离开文学，让我们共同热爱文学，拿起笔来书写我们的时代、我们的生活吧!

康辉:

感谢王蒙老师带来的一堂好课。今天的这堂文学课,我们就以王蒙老师《青春万岁》序诗中的最后几句作为结语。

所有的日子都去吧,都去吧,
在生活中我快乐地向前,
多沉重的担子,我不会发软,
多严峻的战斗,我不会丢脸;
有一天,擦完了枪,擦完了机器,擦完了汗,
我想念你们,招呼你们,
并且怀着骄傲,注视你们。

点亮思想之光,嘉奖向学之心。《一堂好课》,我们下期再见。

思政课

主讲人 **金一南**

中国人民解放军少将，曾任中国人民解放军国防大学战略研究所所长，教授、全国模范教师、全军优秀教师

康辉：

同学们好，今天我们把《一堂好课》的课堂设在了航天工程大学士官学校，设在了这所六十七年来为祖国强军事业培养了众多优秀人才的高等学府。莘莘学子也是铁血军人，这一堂课的三位课代表也与军人和航天有一点特别的缘分。来，大家一起认识一下。

黄景瑜：

影视演员，代表作《红海行动》《飞驰人生》《决胜时刻》等

大家好，我是黄景瑜。

屈楚萧：

演员，代表作《流浪地球》

大家好，我是参与“流浪地球”计划的课代表屈楚萧。

宋玺：

北京大学研究生，中国人民解放军第二十五批赴亚丁湾护航编队唯一女陆战队员，荣获 2018 年“最美退役军人”称号

我是从北大出发赴亚丁湾护航，现在重返校园的课代表宋玺。

金一南：

同学们好，我们现在开始上课。今天思政课的主题是：中国百年沧桑，从“东亚病夫”到民族复兴。

从苦难中走来

在开始讲课之前，我想先给同学们讲一个小故事。

2015年3月，美国前国务卿基辛格先生访华，我参加了与基辛格先生的会谈。可以想象一下，基辛格先生当时已经92岁了，从美国飞到中国十几个小时，落地以后几乎没有倒时差，时间被安排得非常紧。所以他在跟我们会谈的时候，谈着谈着就睡着了，人实在太累了。然后基辛格的助手就对我们讲："你们提的问题太缓和了，应该提些尖锐的问题刺激他。"我就问基辛格先生："1972年2月21日，您随尼克松总统访华，当时车队有多少辆车？"基辛格一下就精神了，那是他一生最辉煌的时刻。他说车队有三四十辆车，我说不对，有一百零七辆。他大吃一惊，问："你怎么知道有一百零七辆？"我说："我当年是北京一个街道小厂的学徒工，那天中午正在上中班。尼克松车队访华经过长安街，我们的公共汽车被卡在了路口，当时全车人在那儿数'一、二、三、四……'，最后数到一百零七。"基辛格非常兴奋，问道："有那么多辆车吗？"我说："您坐在车里不知道，您把我们堵在上班路上了。我上班从未迟到，就那天迟到了。"讲完，全场哄堂大笑。基辛格先生变得精神矍铄，然后中间茶歇休息。第二轮会谈开始的时候，他站起来把身体转向一边，对着我的方向鞠了一躬，说："现在为四十三年前耽误你上班，我在这里向你正式道歉。"我当时大吃一惊，全场的中方代表也都没想到，然后大家热烈鼓掌。我当时急忙之中回应道："基辛格先生，您三天以前刚见的习主席，您讲了一句话：'万万想不到的是，中国今天与美国平起平坐地讨论世界和平与发展问题。’我借用您这句话，万万想不到当年一个被美国总统访华堵在路上的学徒工，今天能够跟基辛格先生坐在一起会谈，并接受您的道歉。”我当时想，如果背后没有一个强大的中国，没有一个崛起的民族，基辛格会不会再次访华？我有没有机会坐在这儿，与基辛格会谈？就在那一刻，我感觉到的绝不是个人的荣誉，而是整个国家、民族的复兴崛起！

听完这个故事，不知道同学们会有怎样的感受？我经常在想，如果别人问我从哪里来，我可以回答，从社会基层中来。如果问我们从哪里来，我们中华民族从哪里来，或许有人会回答，从近代深重的苦难中来。但我觉得关于这个问题，我们有一个最好的答案，可参考毛泽东主席撰写、周恩来总理手书的，刻在北京天安门广场人民英雄纪念碑上的三句话。第一句话：“三年以来，在人民解放战争和人民革命中牺牲的人民英雄们永垂不朽！”第二句话：“三十年以来，在人民解放战争和人民革命中牺牲的人民英雄们永垂不朽！”第三句话：“由此上溯到一千八百四十年，从那时起，为了反对内外敌人，争取民族独立和人民自由幸福，在历次斗争中牺牲的人民英雄们永垂不朽！”我们是从1840年那个苦难深重的旧中国过来的。

面对一次次入侵，旧中国没有一次战胜过。第一次鸦片战争，大英帝国就用28条军舰、15000人的军队，迫使我们签订丧权辱国的《南京条约》，割让香港，赔款2100万两白银。第二次鸦片战争，英军约18000人，法军约7200人，总共约25200人长驱直入，在当时的首都北京杀人放火，将圆明园付之一炬。1894年甲午战争，一纸《马关条约》，空前地割地赔款，割让台湾、辽东半岛、澎湖列岛及其附属岛屿，赔款2亿两白银。“东亚病夫”的名号怎么来的？就这么来的。西洋，我们打不过，东洋，我们也打不过。当时北京有个英国人叫李欧尔·卡克，他说，中国在向全世界登出广告，这里有一个愿意付款，但不愿意作战的富有的帝国。

近代以来，我们自己总结了命题叫“落后就要挨打”。很多人觉得，挨打

北京天安门广场上的人民英雄纪念碑

是因为我们落后，但真的是这样吗？你看索马里今天很落后，乌干达更落后，达尔富尔大屠杀也没人管，它们因为落后挨打了吗？

中国近代以来富而不强，有财富，但没有捍卫自己财富的能力，一定会挨打。这才是我们近代以来饱受灾难的原因。就像英国人李欧尔·卡克讲的，这里有个愿意付款，但不愿意作战的富有的帝国。

灾难接踵而至，到1900年八国联军入侵北京达到了极点。我们经常讲，八个国家打我们一个，我们如何打得过？但历史就怕细究，八国联军八个国家，他们总共来了多少人？日军最多，8000，俄军4800，英军3000，美军2100，法军800，奥地利军队58人，意大利军队53人。1900年8月3日，八国联军共18811人，从天津向北京进发。京畿一带有清军十五六万、义和团团民五六十万，却让人家十天之内就攻陷了北京。

当然八国联军攻陷北京之后增兵了，占领河北，占领山东、山西各一部分，增兵到将近10万，但当年把北京打下来的就这18811人。当年还有德军7000人在海上，来不及在天津靠岸，这七个国家就等不及了。就这18000多人，把我们泱泱大国首都打下来了。最后是"庚子赔款"，赔偿十一个帝国主义国家4亿5000万两白银。孙中山当时用一句话形容中国："四万万中国人，一盘散沙而已。"孙先生1925年去世了，他看不见他去世

八国联军人物照（摄于北京）

八国联军漫画

之后六年发生的事：1931年“九一八事变”，几个月后，东三省全部沦陷；1937年“七七事变”，一个月后，华北沦陷。

有一些学者讲，民国时期是中国历史上最好的时期，我说这叫中国历史上最好的时期？一个国家、一个民族根本无法捍卫自己的权益！卢沟桥今天有抗日战争纪念馆，每年参观的人络绎不绝，我们在卢沟桥声讨日本帝国主义侵华的罪行。但是我经常想，如果参观的队伍里面有一个不懂事的孩子问大人：为什么国家之间的战争没有在边境爆发？为什么在卢沟桥爆发了？为什么卢沟桥成了中日全面战争爆发地？大人又该怎么回答这些问题呢？我经常讲，卢沟桥成为中日全面战争爆发地本身就是中华民族的奇耻大辱。

中国有句老话叫：卧榻之侧，岂容他人酣睡？可是近代以来，“九一八事变”发生在沈阳城，“七七事变”就发生在宛平城南部的卢沟桥，我们是怎么一步一步沦落到这种地步的？这些历史非常值得我们注意。

今天还有人讲，中国人历史包袱太重了，忘记过去，向前看；老记得过去那点事儿，包袱太重了，会走不动。但我们能够忘记吗？我们是怎么一忍再忍一退再退，才到这样的地步的？忘记过去，不但意味着背叛，还意味着将来可能还要重复。

孙中山先生曾讲过：“做人最大的事情是什么呢？就是要知道怎样爱国。”要救中国，想中华民族永远存在，必须提倡民族主义。所以孙中山的三民主义，第一就是民族，第二民权，第三民生。他还说：“由此可见，强盛的国家和有力量的民族已经雄占全球，无论什么国家和什么民族的利益，都被他们垄断。他们想永远维持这种垄断的地位，再不准弱小民族复兴，所以天天鼓吹世界主义，谓民族主义的范围太狭隘。其实他们主张的世界主义，就是变相的帝国主义与变相的侵略主义。”孙中山这段话非常值得我们深思。中国共产党首先完成的任务就是民族救亡，实现民族复兴。

孙中山（1866年11月12日—1925年3月12日），
“三民主义”的倡导者，伟大的爱国主义者

而当年面临国家民族危亡的时刻，“好汉不吃眼前亏”“人在屋檐下，哪能不低头”“心字头上一把刀，你就忍了”“做亡国奴还能活命”……这些理论大行其道，这是我们国家民族衰落的根源。所以，当年的清华大学教授俞平伯仰天长叹：“我们的英雄又不知在何处！”

一个国家面临危难，面临危亡，无人挺身而出，无人横刀立马，都在蝇营狗苟。中国共产党应运而生，在国家最黑暗、民族最无望的时候，他们挺身而出。这批人一无资源，二无名望，三无影响，四无地位，就是有一腔热血。他们没有抱怨，就凭自己的一腔热血浴血奋战。1927年“八一南昌起义”，中国共产党开始组建自己的队伍，起义时22500人，两个月之后就剩800人。1927年9月9日，毛泽东领导秋收起义，原本5000人，二十天之后就剩1000人。中国革命不是从胜利走向胜利，而是从惨败走向胜利。大家都觉得中国红色政权不可能存在了，毛泽东专门写了一篇文章《中国的红色政权为什么能够存在》，他坚信一定能够存在。毛泽东带着1000人的队伍上了井冈山，组建了工农革命军第一军第一师第一团，还成立了教导队。其实工农革命军第一军就一个师，第一师就一个团，就1000人。毛泽东讲，大家都是将来的人才，要好好学习，将来要干大事。我们看看历次农民起义，陈胜、吴广办学校吗？李自成办学校吗？黄巢办学校吗？太平天国办学校吗？农民起义都不办学校，而毛泽东的队伍就剩1000人了，他上井冈山第一件事情就是办学校培养人才。

工农革命军第一军第一师第一团教导队1927年11月成立于江西宁冈砻市龙江书院，成了今天我们中国人民解放军国防大学的前身。教导队最早的队长吕赤长什么样我们都不知道，国防大学校史馆、军事博物馆也没有照片。他牺牲得太早，当了两个月教导队队长就牺牲了，不是死于战斗，而是死于同伴陈伯钧开枪走火。教导队当年没有武器，好不容易缴获了湖南地主老财一把勃朗宁手枪。地主老财弄了块红绸把枪包起来藏好，却不知道枪支要定期保养。待枪被缴获，红绸子打开，锈迹斑斑，枪栓都拉不开了。吕赤叫来陈伯钧，让他负责把枪保养好。陈伯钧找了点点灯用的煤油，吭哧吭哧擦了一周时间，终于把枪修好了。他拉开枪栓，子弹上膛，推上枪机。“报告队长，枪修好了。”但他万万没想到，此时枪栓带动撞针，砰的一声，就把队长打死了。陈伯钧被判处死刑，杀人偿命。毛泽东出来劝解，说不能杀陈伯钧，他是个人才，请刀下留人。1955年，中华人民共和国成立后解放军首次授衔，陈伯钧为开国上将。

今天有很多人说："你别跟我谈理想，我一无权，二无钱，你给我扯什么理想！等哪天我有钱了，有权了，我就会有远大抱负的。"

在中国革命最困难时候，毛泽东提出什么？"星星之火，可以燎原。"当时很多人都怀疑"红旗"到底能扛多久。毛泽东的回答就是"星星之火，可以燎原"。我说这种自信来自共产党的信仰，信仰是有力量的。

今天我们部队都在搞兵棋推演，跟美国人一样，美国人的那套叫作War Game（战争游戏）。我们根据双方的兵力、装备、武器性能、机动能力、信息化能力等，规划各种能力，用计算机推演谁能战胜谁。我觉得如果当年也推演一下，把共产党在井冈山红色根据地的这点数据，和国民党在各大城市的数据输入计算机推演，中国共产党根本没有获胜的可能。但到最后共产党获胜了，这是为什么呢？

这就是精神的力量，信仰的力量！这样一伙人在最穷困潦倒、不名一文的时候，内心依然坚守信仰。所以有这样一句话，多数人因看见而相信，唯少数人因相信而看见。真正的领袖，真正的领导者，就是这样的少数人，他内心有远景，有梦想，敢于去追求和实现。共产党最厉害的就是，他们因相信而看见。他们坚信，所以他们最终看见。

美国人托夫勒是著名的未来学家，他把人类历史迄今为止的力量归结为三种。第一种，暴力，谁拳头大，谁的话语权就大；谁力量足，谁称王。第二种，金钱，金钱万能，买通一切。第三种，知识，培根讲过，知识就是力量。但是我说，托夫勒忘了第四种力量——信仰。共产党员因信仰而拥有改天换地、摧枯拉朽的力量。

1935年初，红十军团被敌军包围，全军覆没。军团军政委员会主席方志敏被捕，被枪毙前在狱中写下了《可爱的中国》。在文中，他写道："我虽然不能实际地为中国奋斗，为中国民族奋斗，但我的心总是日夜祷祝着中国民族在帝国主义羁绊之下解放出来之早日成功！假如我还能生存，那我生存一天就要为中国呼喊一天；假如我不能生存——死了，我流血的地方，或者我瘗骨的地方，或许会长出一朵可爱的花来，这朵花你们就看作是我的精诚的寄托吧！”

我觉得正是因共产党员有信仰，这支队伍才能够五次反“围剿”，跨越两万五千里长征，取得抗日战争、解放战争的胜利，成为中国历史上一支前所未有的队伍。今天在座的全体官兵，我们是这支队伍的后来者，应铭记先辈们英勇奋战、敢于胜利的精神。就像毛主席诗里讲的，“红军不怕远征难，万水千山只等闲”，没有任何障碍、任何困难能够战胜这支队伍，能够难倒这支队伍，它有炽热的信念支撑。所以从这一意义上讲，1949年新中国成立是中华民族完成民族救亡的关键性标志。

中华人民共和国为什么被称为“新中国”？1840年以来的历届政府，包括清政府、北洋政府、民国政府，只有新中国政府在维护中华民族利益上最勇敢、最坚决、最具有奋斗精神、最不怕牺牲，且最有效。这种民族救亡、民族复兴的信仰，最初只是深植于一小部分共产党人的内心，如几支火炬，最后燃成熊熊大火，点燃了整个中华民族的心灵，实现了毛泽东所讲的“星星之火，可以燎原”！

中国制造的崛起

刚才我和同学们讲的，是从1840年到1949年新中国成立前的这个阶段，而现在的新中国跟过去的旧中国完全不一样。

1949年新中国刚成立的时候，钉子叫洋钉，水泥叫洋灰，火柴叫洋火。当时国家一穷二白，我们什么都没有，完全就是张白纸。今天完全不一样了，中国已经是世界上首屈一指的工业大国，全球第二大经济体、消费国，同时又是全球第一大贸易国、外汇储备国。我们在很短的时间内，完成了其他国家两百年到三百年的现代化进程。全世界最强大的制造国原来是美国、日本、德国。美国在世界制造业的占比曾长期达20%以上，后来慢慢衰落了。20世纪90年代中期，日本在世界制造业的占比曾达到20%，后来也跌落了。德国在世界制造业的占比一般在10%以下，但相对比较稳定。中国原来只占世界制造业的百分之二三。1989年，美国的比重开始下降，中国的比重开始上升，原本不相交的两条线，一条向下，另一条往上，最后相交了。2009年，中美两国各占世界制造业18%。2016年，中国在世界制造业的比重已达26.7%，位列世界第一。据联合国工业发展组织统计，中国是世界上唯一一个拥有联合国产业分类中全部工业门类的国家，包括39个大类、191个中类、525个小类，形成了门类齐全、独立完整的工业体系。大家注意这个词“唯一”，中国是联合国统计的唯一一个门类齐全的国家。

美国的建构主义学者亚历山大·温特讲过，一个国家在生存、独立和经济财富三种利益之上，还必须加上第四种国家利益，那就是集体自尊。集体自尊同样是一种国家利益，指的是人民为不为自己的国家感到骄傲，为不为自己的国家感到光荣。如果大家都不爱说自己是中国人，都不想说是中国人，都忙说是中国人，这个国家、这个民族还有集体自尊吗？

据美国《华盛顿邮报》最近的一篇评论，中国拥有全世界最多的理工科人才，也是首个年度专利申请突破百万的国家，占全球专利申请总量近40%，比美国、日本、韩国加起来还要多。美国现在不是不想搞制造业，前总统奥巴马要求复兴制造业，特朗普总统也要求复兴制造业，问题是蓝领工人在哪里？白领工程师在哪旦？我再给大家举个例子。2013年3月，美国前总统奥巴马在迈阿密港口演讲，要求各路资本进入制造业，重铸美

2019 年全球 GDP 前十排名情况

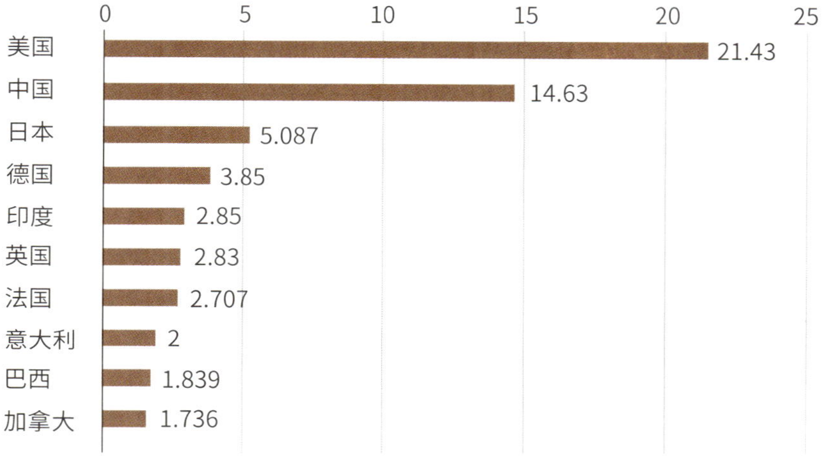

全球 GDP 排名图表。中国自 2010 年 GDP 首次超越日本后，一直保持着第二位的排名

国制造业辉煌。但是奥巴马总统演讲时挺不幸的，他后面有一排吊车，港口风力比较大，一阵风吹来，把吊车上的一面美国国旗给吹掉了，露出了上海振华重工的标识。所有吊车上有中国标识的地方全贴了美国国旗。风一吹，露馅了。美国记者报道说，美国总统在中国重型装备之下，呼唤恢复美国制造业，多么具有讽刺意味。这是中国制造业一个缩影。

美军不是也出过这样的笑话吗？美国在全球有几百个军事基地，十几支航母编队游弋世界，所以它最爱炫耀的是什么？美军宣扬，世界任何地方发生动荡暴乱、恐怖袭击，或者地震、火灾、海啸，他们会第一时间到达，有全世界最高的效率。然而2015年尼泊尔地震，美军向全世界发布图片说，他们的V-22“鱼鹰”运输机第一时间到达。但美国人拍的图片后面露出了SF两个大字母，原来“鱼鹰”飞机旁边还停了一架巨大的顺丰专机，中国的顺丰已经到了。顺丰总裁王卫讲到这件事情，说，顺丰只是家民企，没法宣传，也没人替它宣传。他说美国去架V-22，但V-22飞机那么小，能运几个人？运多少物资？顺丰给尼泊尔运了那么多救援物资，美国却宣扬自己第一时间到达。

今天，中国已经无处不在。最近，日本的一架F－35战机在日本海域坠机，这是全世界首先服役的隐身战斗机。日本和美国非常担心这架F－35被其他国家打捞获取，因此美国空中警戒、水面警戒、水下警戒，不让任何国家的飞行器、舰船或者潜艇有机会靠近。打捞了几个月，实在没办法，美国人最后还是得雇用中国制造的深海打捞船来打捞飞机残骸。这条船是中国造船厂为新加坡造的，新加坡又把它租给了马来西亚。最后，日本、美国不得不把它从马来西亚租了过来。这很有讽刺性，也可见今天中国工业能力之强大。

前不久，我去了福建平潭工地。平潭岛是我国大陆距台湾最近的岛屿，我们军队以前曾在那里搞演习。现在不搞演习了，改为建设平潭岛，平潭跨海大桥也通了。但这座跨海大桥修建得非常不易，因为平潭岛位于台湾海峡北口，那里常年风高浪急。按照海上施工的标准，六级风以下才能施工，六级风以上，重型物件吊装下沉箱摇摆太厉害，无法施工。按照一般的工业标准，一年可以施工的时间只有一百天左右。但我们中铁大桥局的建筑工人和桥梁工人采用了各种加固措施，八级风以下也可以施工，这样一年能施工将近两百天。平潭跨海大桥非常壮观，修成之后，高铁、汽车都能跨海了。德国的汉堡科技大学、慕尼黑大学主动与中铁大桥局联系，要求让德国的本科生到平潭工地来实习，德方支付全部的费用。每批大学本科生到平潭工地实习两个月，与工地的工人一起捆扎钢筋，浇灌混凝土，吊装下沉箱，学这些基本的工业动作。在德国，学生没有这种机会。中国还在大规模地建设，他们感到必须让这些学生去中国，学习第一手的建设经验。

后来我又到了江南长兴，就是江南造船集团。江南长兴是我们第三艘航母的建造者。我们第一艘航母辽宁号，其实是从俄罗斯拖过来一条旧船瓦良格号，加以改造而成。我们第二艘航母是在大连船厂造的，那是真正意义上的中国第一艘航母。第三艘航母正在江南长兴建造，平直甲板，弹射起飞。我们前两艘航母只能满足滑跃起飞，满油满弹的飞机不行。滑跃起飞的飞机一般是半油半弹，作战半径小一些，攻击威力也弱一些。所以第三艘航母改为平直甲板、弹射起飞，而且使用我们海军工程大学马伟明院士的科研成果——电磁弹射。我到江南长兴后，非常感慨，因为我发现我们第三艘航母的总建造师是1980年出生的。后来我又去了制造飞机的成飞集团，发现董事长1972年出生，总经理1976年出生，陪同我参观的副总经理兼党委副书记1979年出生。这就是新一代的中国年轻力量。我们承认，我们现在与西方还有很大的差距，在国防建设、经济建设等方面都有很大的差距，但我们追赶的速度、人成长的速度是惊人的。这一批年轻人——70后、80后，已经开始挑大梁了。

今天中国华为的5G技术领先美国三年左右，领先欧洲约五年。这是我们的重大成就，也是自1840年以来，中国第一次在重要技术领域获得世界领先地位。2019年7月10日，《华盛顿邮报》专门发了篇社论，其中写道，特朗普面临的最棘手问题就是如何阻止中国的华为和中兴主导全球数字基础设施。从国家安全角度看，现今控制数字基础设施的重要性，不亚于当年造出第一颗原子弹。今天，5G技术于国家安全具有重大意义。西方国家的技术城墙已经被华为公司撕开了一个巨大的口子。任正非讲过一句话："除了胜利，我们已经无路可走。"中国今天特别需要这样的语言。你看我们过去的语言："好汉不吃眼前亏""人在屋檐下，哪能不低头""心字头上一把刀，你就忍了""识时务者为俊杰""活麻雀比死老鹰强"……这套东西大行其道。你再看任正非讲的话，"除了胜利，我们已经无路可走"。我觉得他讲得非常好。华为人在公司内部还经常会唱一首歌："中国男儿，中国男儿，要将只手撑天空。睡狮千年，睡狮千年，一夫振臂万夫雄……"这首歌不正展示了一个企业的精神面貌吗？我们共产党员常说，长征就是信仰，而今天的拼搏同样是信仰。我们有一批人都在拼搏，绝不止华为他们。

新的使命与任务

随着国家经济发展，国际形势发生了天翻地覆的变化。过去我们军队的使命是守卫领土、领海、领空，只要没有外敌入侵，国家就安全。但现在不一样了，我们形成了很多全新的国家安全利益，还必须保护日益扩大的经济活动空间，必须保护海上运输通道的安全，必须保护海外资产和资源市场、产品市场的安全，必须保护中国海外侨民和海外劳工的安全，必须保护外层空间和电磁频谱空间安全，等等。

今天中国所面临的安全问题，毛泽东同志时代没有面临过，邓小平同志时代基本也没有面临过。我们今天广泛地运用了国际资金、国际技术、国际资源和国际市场，中国形成了外向型的经济。我们的经济再不是在国内自力更生，依靠"体内"循环。以前，安钢的钢材送到武钢来冶炼，送到上海去制成钢板，而现在更广泛地在运用世界资源。我们今天70%以上的铁矿砂依赖进口，60%以上的石油依赖进口，但我们轻工机电产品70%以上是出口。进出口大循环链形成了今天全新的国家安全利益，我们必须捍卫新的安全利益，这也是中国海军要去亚丁湾护航的原因。到亚丁湾护航这件事情，过去的时代是难以想象的。因为我们是社会主义的海军，按过去的要求，我们不到南太平洋，不到大西洋，也不到印度洋。而今天中国人民解放军海军遍布世界，为什么呢？因为国家利益发生很大的变化。毛泽东同志时代，我们每年路过亚丁湾的货轮有几艘？几乎没有。现在一

课代表黄景瑜在《一堂好课》的现场剧照

年约4000艘，而通过马六甲海峡的中国货轮一年将近40000艘，这形成了我们巨大的新型的国家利益，我们必须加以维护。战略空间的安全观正在成为国家安全的全新追求。

这儿给大家讲个例子，我们今天在亚丁湾吉布提建立了第一个海军军事基地。我们以前讲过不建基地，那为什么现在又建了呢？因为中国必须做一个负责任的大国，必须得这样。我们承担的绝不仅仅是自己家门口这点事了，而必须在一个更大的范围承担大国的责任、大国的义务。所以中国海军在亚丁湾巡航，又在吉布提建了第一个军事基地。对于为什么要建海军基地，我有深刻的体会。中国在亚丁湾的第一批护航编队只有驱逐舰169舰和171舰，在海上连续执行任务三个半月不着岸。海军补给舰886舰在海外连续执行任务六个月，挑战着官兵的耐受极限。人是陆地动物，不是海洋动物，按照我们的话说，必须定期地“接地气”。长时间在海上，虽然不晕船，但一上岸，走起路来深一脚浅一脚的。所以很多人会认为，海军纪律最差，上岸的都是一帮醉汉。其实我们一口酒都没喝，这叫“晕岸”。上岸之后，人会产生错觉，感觉整个地面在动，需要重新找平衡。所以，我们在吉布提租了一个港口，建立了补给基地。当海军886舰靠岸后，官兵轮流上岸，每批在岸上停留一个半至两个小时。886舰政委说，返回的官兵红光满面，有说有笑，什么思想工作都不用做，“接地气”就能缓过劲来。今天，中国军人在海外连续执行维和任务，必须有这样的基地补给保障。这是今天扩大的中国国家利益提出的全新诉求。当然诉求提出来了，我们的能力能不能跟上去，这是另一个问题。我再举个例子。当年海军886舰和113舰横跨太平洋，参加中美联合军演。当两艘军舰跨越国际日期变更线的时候，我发现886舰的官兵在更改计算机的日期。国际日期变更线两边的日期是不一样的，前后差一天。我觉得很奇怪，这是计算机上的一个小程序，过国际日期变更线应该能够自动变更的，怎么还要官兵改动？舰上官兵跟我解释，舰船设计的时候就没有配这个软件，只能自己改。由此我们可以想见，在2006年，也就是十几年以前，中国的海军舰艇在设计之初就没有想过要越过国际日期变更线。当然舰艇的性能没有问题，但是我们的思想还停留在近海防御、近岸防御。这与中国新生的国家利益不相符，也是严重滞后的。当然那是十几年前，中国今天已经完全改变了，不仅是装备，更包括人的思想理念。

今天我们有2000多名参加联合国维和的中国军人在海外执行勤务。在联合国安理会五大常任理事国中，我们是参加联合国维和部队人数最多的国家。习近平主席已经同意了联合国的要求，中国将为联合国准备8000人的武装维和部队，随时听候联合国的调遣。今天在部队军营中，我们经常能遇见参加联合国维和任务回来的军人。国防大学原外事处的处长杨军，曾参加过联合国的维和任务。他外语专业毕业，身材并不太强壮。他在非洲执行维和任务的时候，当地两派武装发生了冲突，结果把五名联合国观察员全部扣留，作为人质。随着事件进一步发展，武装人员说留两个人，其他三个人回去报告情况，除非答应他们的要求，否则就把被扣留的两个人处死。面临生死抉择，谁去谁留？我觉得对人的考验，有时候是一生一世，有时候就是一念之间。杨军第一个说："我留下来。"巴拉圭维和军官深受感动，也选择了留下来。另外三个人借机脱逃，回去向联合国报告情况。杨军和巴拉圭军官被关在小黑屋里三天，没吃没喝，而且随时都有失去生命的风险。当然，最后在各方的斡旋下，杨军被解救了，后来被授予了联合国维和勋章和人民解放军的军功章。回国后在担任外事处处长期间，他曾带领国防大学代表团访问巴拉圭，又见到了那位巴拉圭军官。两人立马相拥，流下了热泪。我觉得有句话说得非常好：军人最重要的是经历，而不是学历！

我还有一位战友，他当年在联合国担任维和地区司令，出了一件事情。一位联合国的维和人员因交通事故死亡，他一看名单，这个人是他在南京国际关系学院的同学。这件事需要他去处理。他说："我该怎么处理呢？在科威特，天气很热，我带了桶汽油去烧同学的尸体。但我没烧过人，把汽油浇上去烧，烧到最后仍不干净，只能取了几块骨头放在石头上，拿石头去砸，砸碎了，包一小包骨灰带回祖国。"这就是今天的中国军人。不要以为战争的考验离我们很远，有一部分军人就是从一路硝烟、一路烈火、一路牺牲、一路鲜血中蹚回来的。我觉得这些人都是今天中国军人的骄傲。而我们一定不要忘记所承担的责任、应尽的义务，一定不要忘记，祖国还没有统一。十九大报告提出：实现祖国完全统一，是实现中华民族伟大复兴的必然要求。我们一定要针对在完成祖国统一过程中会干扰、会介入的力量，做好应对的准备。中国人在完成统一的过程中，不允许任何力量干预和介入。这就是今天我们中国军人的责任和义务。

从1840年至1949年这一百多年间，无数前赴后继的中国人就为三个字——“救中国”——浴血奋战。从林则徐的禁烟运动，到洪秀全的太平天国，从曾、左、李的洋务自强，到康、梁的戊戌维新，从孙中山的辛亥革命，到毛泽东的新民主主义革命，中国人在拼命挽救民族命运的危亡。1949年中华人民共和国建立，“救亡”的主题终于终结，新的主题“复兴”开始。到2049年中华人民共和国成立一百年之际，完成伟大的民族复兴，这是我们所有中国人的目标。身处百年变局的大时代，惊涛骇浪难以避免。习近平总书记讲过一句话，中华民族的伟大复兴绝不是轻轻松松敲锣打鼓就能实现的，必须准备付出更为艰巨、更为艰苦的努力，也必须做好这样的准备。中国今天取得了很大的成就，但我们是从旧中国走来，从洋油、洋火、洋灰、洋钉中走来。通过七十年艰苦卓绝的奋斗，我们取得了很大的成就，但我们还有很多的问题，别人随时可以设置一些门槛来“卡”我们。今天，中国正在国际力量较量的格局中剧烈变化，我们每一个人都参与其中，中华民族也正在一步步实现复兴。这样的过程就是一次新的“长征”。每个人都是中华民族从衰亡到复兴的见证者、参与者、奋斗者，这是我们的荣幸。

有这样一句话：内心的光明若失去了，黑暗何等之大。你看我们的先辈们，面对那个黑暗的旧中国，他们用内心之火最终证实了“星星之火，可以燎原”。而我们后来的奋斗者，比如任正非、陶华碧、马云、马化腾，还有那么多科研工作者、教师、工人、农民，共同描绘了一幅中华民族实现伟大复兴的“清明上河图”。虽然我们大多数人在历史中扮演一个小角色，但当一个民族处在从救亡到复兴的重大时刻，只要每个人都合格地扮演自己的角色，就完成了我们的使命，也完成了我们的任务！

今天课就上到这里。谢谢大家。

康辉：

与大师对话，启人生智慧。感谢今天《一堂好课》的讲师金一南教授，他告诉了我们，中国怎样从百年沧桑中涅槃，迎来百年辉煌。我想这思想的光芒，会照进我们每一个人的心间并永远闪耀！

点亮思想之光，嘉奖向学之心。《一堂好课》下期准时开讲。

电影课

主讲人　陈凯歌

中国第五代导演领军人物，首位获得戛纳金棕榈奖的中国导演，代表作《黄土地》《大阅兵》《霸王别姬》《梅兰芳》等

康辉：

同学们好，中国电影反映着中国的变化，我们通过影像告诉人们，一个新的时代开始了。时代可以变，但是中国人民继续书写历史的愿望一直都在。今天的课堂设在了中国人民解放军仪仗大队的军营。为什么是这里呢？因为在这里我们可以最直接地感受到这堂课主题当中的一个关键词：时代。时代是什么？时代是由时间、空间和人共同构成的历史。我们经常说那句话："历史是一条奔流不息的长河。"那么不同的时代是不是就是这条长河的不同的分段呢？而汇成每一段河流的一朵朵浪花一滴滴水，不就是每一个时代当中每一个人、每一张面孔吗？2019 年新中国成立七十周年大阅兵的时候，仪仗大队正步铿锵地走过天安门广场，他们的面孔就代表了这个时代的中国。所以今天我们选在这里，和同学们一起来上这堂关于时代的特殊的好课。有请本堂课的课代表陈晓和主讲人陈凯歌。

陈晓：

影视演员，代表作《神雕侠侣》《陆战之王》《建军大业》

大家好，我是出演过新时代军人的课代表陈晓。今天特别荣幸能够参加《一堂好课》。

陈凯歌：

各位战友、各位同学，大家好。我是陈凯歌。

与土地结下不解之缘

来到《一堂好课》讲课，我自己知道这是件不容易完成的任务，也不容易完成得好。中国的传统文化尊崇“天地君亲师”，老师的位置很高，能够跟天地放到一起。因此我自己就想，为什么有师道尊严，为什么要尊师重道？就是因为思想的光芒可以延伸到远方。但是我没做过老师，也不知道怎么去讲一堂非常有价值的课，我只能从自己的亲身经历出发。我是一个电影导演，就讲一讲时代和影像之间的关系，讲一讲自己是怎么成长的，是怎么跟电影结缘的，我的电影和自己又有什么样的精神联系。我想跟大家分享我的故事，就好像过去别人向我分享他们的故事一样。在别人的故事中，你可能会找到自己的影子。

我过去跟大家一样，是一个军人。青少年时代，我在西南边陲做了五年战士，经历了很多的困苦。那时候部队条件很艰苦，但是大家斗志昂扬。在入伍之前，我在西南边疆的一个农场里头做农工，其实就是一个农民。每天所做的工作是挖山、砍树这样一些事情，一直在和土地打交道。退伍之后回到北京，我又做了三年的工人。所以工、农、兵这三个行当，我自己都做过。那个时候工农兵是社会的主体，也受到大家的尊重。整整十年的时间，一路走来，有磨难，有奋斗，有梦想，也有痛苦。

我曾经问自己：“你究竟从这十年的社会基层生活中学到了什么？”我当时回答不了，变成电影导演之后，我才明白这十年给了我什么——它给了我对广大人民深厚的情感。在我小的时候，我不知道什么叫人民，因为我看到的都是一个个具体的人。但是当我在农村、在部队、在工厂遇到困难的时候，向我伸出援手的人，不会在意你是否是一个了不起的人物。你是个普通人，他们也愿意帮你。在那个时候，我突然理解了人民的含义。人民就是在你身边的那些随时随地会注视着你，给你一个微笑，当你遇到困难的时候，会施以援手的那些人。

情感的资源，生活的阅历，让我感觉自己有话想说。1978年——在座的各位肯定都没出生——改革开放刚开始，全国恢复了高考制度，我考上了北京电影学院的导演系。不久之后，我拍了自己的第一部电影——《黄土地》。《黄土地》讲了什么？大家肯定不知道为什么我的第一部电影是《黄土地》，而不是其他题材的。我其实也问过自己这个问题，后来想明白了。从传统上看，中国是一个农业立国的国家，我们的一切都是从土地里来的，一切都跟土地有关。我们吃的粮食，我们身上穿的衣服（用棉花做的），都是土里边生长出来的；甚至我们的文化，都是从土地来的。“离离原上草，一岁一枯荣”，大家都知道这是白居易的诗句，它歌咏的其实就是土地。兵马俑是用土做的，也是从土里边出来的。因此我们中国人有土地情结。“你是四川的，我是河南的”，这是什么概念？土地的概念！所以大地是我们的母亲，我们对中华大地有本能的、天然的眷恋之情。按照地质学的说法，一千年的时间只能生长出一厘米的土壤。所以那些千沟万壑、凹凸不平的黄土地真是经过亿万年的堆积才形成的。所以，有诗人说：“为什么我的眼里常含泪水，因为我对这土地爱得深沉。”

我在农村每天都和土地打交道，对它的情感是在每一个朝霞升起的清晨，或者红日落下的瞬间积累起来的。因此拍《黄土地》的时候，我和我的合作者第一次踏上陕北高原雄浑的土地，眼望黄河浩荡、山丘纵横，就掉眼泪了。我对自己说：“就拍它，拍黄土地！”

《黄土地》上映时的电影海报

说个小故事。摄制组第一次去陕北，天要黑了，走到了陕北的黄陵县——黄帝陵的所在地。“炎黄”中的“黄”说的就是这位黄帝。到了黄帝陵，我们说：“上去看看，拜一拜，让祖宗保佑我们拍好《黄土地》。”到了那儿，满山清香。原来上山的路上都是厚厚的柏树叶，清香就是从柏树叶里来的。陕北是个缺柴的地方，满山的柏树叶怎么没人动，怎么没人拿它去烧火呢？因为这是祖先的安眠之地，神圣，没有人会动。走着走着，看到一块石碑，上面写着“文武百官至此下马下轿”。再往前走到了石碑前头，四个大字映入眼帘——“桥山龙驭”，我和我的同事们不由自主地跪下了。什么叫作肃然起敬？那一刻我忽然明白了一件事，这块土地上安眠着我们的祖先，因此我们把它称为祖国。吾土吾民，我们的土地，我们的人民，就是这个意思。从此之后，我觉得我的电影就与土地结下了不解之缘。拍了黄色的土地，我又跑到云南去拍红色的土地，到银川去拍白色的土地……五色土都是中国的土地，我想看看这些土地上的人民是怎样纵情高歌的。

但是土地也会束缚我们。《黄土地》里边的陕北小姑娘遇到了一位八路军，希望他能够带着自己走出这片黄土地，到更广阔的天地中去开创新的生活。拍摄这部影片的20世纪80年代，正是改革开放的初期，也存在着和《黄土地》中一样的情形。世代为农的人们开始试着离开土地、离开农村，他们看到了新的希望，渴望开创新的生活。也许正是因为我自己的内心感受到了变革的时代正在到来，《黄土地》就拍出了求变的渴望。但变不等于我们丧失了对土地的感情。全世界都没有春运，只有中国有，我们回到老家，除了亲人还看什么呢？看看那块土地，看看我们曾经是小孩子的时候，跑来跑去玩耍的、可以听到蝈蝈叫声的土地。我在插队二十年后，回到了曾经在云南生活过的小村子，本来认为他们会不认识我了。我问他们：“我是谁？”村里的老乡指着我，说：“你就是那个陈凯歌。”这一句话让我泪崩。我看到村后那条小河还在那儿流着，远处的青山被田里烧的枯草弄得很模糊，但土地还是那块土地。所以我拍的《黄土地》讲的是人和土地之间的关系，人不能没有土地，土地也不能束缚人。

三十五年前的大阅兵

讲完《黄土地》，我想讲讲我的另一部影片《大阅兵》。1984年，在改革开放的新形势之下，我们国家隆重举行了多年以来首次的重大阅兵活动，庆祝中华人民共和国成立35周年。那时候一位空军的朋友，也是该影片的编剧对我说："咱们拍大阅兵！"因为对部队的感情，以及创作上的冲动，我就说："好，我们就拍这个题材。"我们所拍摄的是空降兵，这支部队和我当年参军时所在的军在解放战争时期同属一个兵团，这可能也是一种机缘。这支空降兵部队是1984年阅兵的时候唯一佩戴钢盔的部队，当年走过天安门的时候非常引人注目。在确定这个题材之后，我们就去了阅兵村实地考察官兵的生活训练情况。战友们都是仪仗大队的，你们是国家的门面。成为一名仪仗队员，需要付出什么样的艰辛努力，是可以想象的。

当年在阅兵村所看到的实际情况，也让我们深受震撼。大阅兵过程中，352人的方队整齐划一地行进在机场的跑道上。由于他们戴着钢盔，其实我们基本上看不清每一个战士的脸。这是一个集体，但是这个集体是由个人组成的，虽然每个动作整齐划一，但每个人的想法思绪其实都不同。他们经过的时候，眼前的景象让我目瞪口呆。在正步走的时候，352人的方队上空有一朵"云"在跟着方队往前走。飞机跑道被扫得纤尘不染，不可能有大粒的灰尘，但空气中的微尘聚合起来，在战士的头顶形成了"云朵"。摄制组的工作人员不知道该说什么好，也不知道战士们的双脚要以什么样的力量去撞击地面，才会出现这样的"云朵"。所以，我们有最了不起的战士，中华儿女的脚步震天动地。这震天动地的脚步表达了什么呢？它表达了坚强的意志。

在阅兵村的经历让我突然明白了一件事情。如果说《黄土地》讲的是人和土地的关系，那么《大阅兵》讲的就是人和集体的关系。于是《大阅

《大阅兵》电影海报及剧中令人热血沸腾的画面

兵》中就有了这样的情节，一位当兵十五年仍然是连长的老兵，因病退出了受阅方队，他在与战友们告别时发表了一段临别感言：

此时此刻，我回想起江俊彪同志临走时擦枪的情景，他掉泪了，眼泪掉在枪身上。想想这几个月我们是怎么过来的，同志们可能会觉得这眼泪掉得有道理。旧中国人们说，好男不当兵。这话现在不对。就拿我们方队来说，往南三十米是饭堂，往北三十米到厕所，往东几千米就是训练场，几百个活人就在这么大的范围里生活了好几个月。每个同志磨穿了四双皮鞋，饭吃不下，觉睡不好，流血流汗那是家常便饭。父母去世了不回家的、推迟婚期的、和女朋友吹了的、放弃学习机会的，哪个小队都有。这几个月里头，我们走了多少路？我算了算，每个人走了9993公里。具体地说，就是从祖国的最北头到最南头正步走了个来回。我听说全军的受阅部队光是鞋钉，就用了六吨，这不是长征吗？“万里长征人未还”，可我们在天安门前走多久？不到一分钟。一万公里和一分钟，就这么个比例关系，还用得着说大道理吗？请问，不是好男儿，能吃得了这样的苦吗？所以我要说，好男儿才当兵，才当得起兵，才配当兵。有人说我们军人是傻大兵，同志们，对这号人就得跟他们说：“去你的！”同志们，你们会得到报偿的。在哪儿？就在天安门前头。人说男儿有泪不轻弹，可我相信那一天你们大家都会掉泪的！也不知怎么啦，我想起国歌里说的，“用我们的血肉筑起我们新的长城”。战士们注视着我，和我一样动了感情。如果他们知道我的这些话是在向他们告别，他们一定会更加激动。可是一边讲，我就在一边问自己，为什么我今天才决定走？你也许会认为是老江的走感动了我，使我做出了决定。不，我不是今天才了解自己的病情。想到这儿，我就很惭愧。你可能会说我对自己太苛求了，但是只有承认这一点，我才算真正参加过大阅兵。我本来想瞒到底的，如果在举行分列式时不出问题，我就可以获得阅兵带来的荣誉。对于一个满十五年军龄还在当连长的老兵来说，这可以理解吧？我建议由郝小园接替我在排面中的位置，我也想在电视上看到他。

敬礼！

我清楚地记得，1984年10月1日，因为需拍摄《大阅兵》的场面，我得到特许，站在天安门金水桥旁边，看到邓小平同志坐着检阅车从我面前驶过。我亲眼见证了改革开放的时代的来临。在这部电影中，我们仍然表达了时代和影像之间的关系，我们通过影像告诉人们：一个新的时代，开始了！我们在最炎热的季节和战士们一起，在空降兵基地拍摄了两个多月，和他们汗洒在一起，泪流在一块，最终完成了这样一部电影。我觉得三十五年前拍《大阅兵》，自己还是挺牛。转眼间三十五年过去，我又拍摄了《我和我的祖国》。但这三十五年之间，我们的国家已经发生了翻天覆地的变化，这些大家都能感受到。

文化追求是电影中永不缺席的思考

在前面，我讲了《黄土地》和《大阅兵》这两部影片和时代的关系是什么。现在，我讲一讲第三部电影。这部电影的名字叫《梅兰芳》，是几年前拍摄的。也许同学们并不熟悉梅兰芳这个名字，如果说梅艳芳，没准儿还知道。但是在20世纪的20年代到30年代，甚至50年代、60年代，梅兰芳在中国都是一个响亮的名字。他是我们中国近代京剧史上最大的明星。他有多红呢？他的粉丝组成了一个叫“梅党”的组织。而且“梅党”有个标志，不论男女，都会在领子上绣一朵梅花，以示对梅兰芳先生的爱戴。他是个男性，但是他所扮演的角色都是女人。他在台上表演的形象比女性还要女性，可以说迷倒了无数的粉丝。

1949年，他从上海回到北京。当时北京的人口总数才约60万，但是当他的火车到达前门火车站的时候，居然有6万多北京市民——占这个城市总人口的1/10——到前门去迎接梅先生回到故乡。大家都会认为，像梅兰芳先生这么成功的人应该是天不怕地不怕，但实际上《梅兰芳》这部电影讲的就是他怎么样去克服各种各样的恐惧。是什么让他害怕？影片中章子怡讲过一句话:“咱们本来就是看着千千万万人眼色吃饭的。”成功的统统都是旧戏，要不要创新？要不要在一个变化的时代中创造出属于自己的新的艺术作品？如果观众不接受，你就有可能失去观众对你的喜爱，甚至砸了饭碗。虽然那个时候没有互联网，但是如果你演得不好，骂你的方式仍然存在，而且很独特。比如有的戏迷进了戏园子，手里拿着一只鹦鹉，如果他不喜欢你的戏，就让这只鹦鹉叫“下去，下去”，满场哄堂大笑，戏就演不下去了。

但是在这种情况之下，梅兰芳先生克服了自己的恐惧，排出了和新时代有关的戏《一缕麻》，内容是反封建的，又用新时代的美学观念创造了像《天女散花》这样的名作。他成功了，但是更大的考验在后边。当时他已经具有国际声誉，作为一个中国的京剧艺术家，要不要去国外演出？当时美国发出了邀请，他可以到美国纽约、洛杉矶去演出。但是，就在他筹备新戏、筹集经费时（那个时候没有公费，都是自费去的），来了份电报，上面说美国的舆论并不欢迎梅先生，认为西方人是看不懂中国京剧的。这样一个考验放在了梅先生面前，去还是不去？他满可以待在一个非常舒适的、每天都有掌声的舞台上，随便找一个借口说：“我不去。”但是他却给他的友人写信说，他的美国之行如箭在弦上，已经不能不发。最终，他在那个舞台上获得了巨大的成功。梅兰芳始终是气度从容的，他缓缓地走上了纽约的舞台。影片中说：“输不丢人，怕才丢人。”

我想我们在现实生活中，都会对某些未知的事情产生恐惧。梅兰芳先生不止一次给我们做出了榜样。他在香港的时候，全面抗日战争已经开始。日本人把他抓了起来，要求他唱戏。他不唱。日本人说：“如果你愿意，我们可以送你去你们的大后方——重庆。”他说：“我不去。”日本人问：“那你要去哪儿？留在香港吗？”梅兰芳说：“我要去上海。”当时上海也在日本人的统治之下，他毅然决然地回到了那里。谁都想不到梅先生会做这样一件事情，作为一个演女人的男演员，他居然在生活中留起了小胡子。当时街上除了我们自己的同胞，也有日本人，他就故意走到街上去，让大家看到梅兰芳留了小胡子。他轻易不讲话，但是他的沉默配上他的小胡子，昭示了中国人的不屈服。

《梅兰芳》剧照，剧中的梅兰芳在美国首次公演的情景

在这个新的时代，我们受人欺侮的历史永远过去了。《梅兰芳》这样一部电影讲的是什么呢？我想，也是人和时代的关系。当面临外族侵略的时候，我们应该怎么做？梅先生是一个手无缚鸡之力，也没有枪支弹药的人，但是他用两撇小胡子告诉敌人：中国人是不可欺侮的。所以，我觉得影片《梅兰芳》还讲述了人和文化之间的关系。中国的文化一直激励着我们向前走，不退缩，不落后，给我们克服内心恐惧的力量。

我想，真正的好作品都是在反映我们所生活的时代。在这一点上，我可以骄傲地对大家说，中国电影反映着中国的变化。《我和我的祖国》已经上映多时了，我作为这部电影的总导演，已经看到了很多观众的热烈反应。当看到那些长期旅居海外的华人华侨，和我们同步地走进国外的电影院去观看这部影片，并在看完之后起立鼓掌时，我想，我们对自己的国家有共同的热爱、相同的情怀。

“时代与影像”是个宏大的课题，我今天就以这样三部影片为例做简

主讲人陈凯歌在《一堂好课》现场给解放军仪仗大队的官兵们授课

单的阐释。我对在座的军人朋友充满了敬佩之情。我知道你们中间的一些人是刚从阅兵场上下来的，有的人不久之后还会离开部队，但今天没有一个战友站起来说自己吃了多少苦。我觉得你们有一种能吃苦而从不诉苦的精神，这正是这个时代所需要的东西。其实今天我所讲的内容，无非是说我们中国人有土地的情愫，有文化的追求，也有集体主义的精神，这三条我都觉得非常重要。

最后，我祝愿同学们有幸福的生活、美好的前程，谢谢。

康辉：

再次感谢陈凯歌导演带来的一堂好课，谢谢我的课代表陈晓，谢谢中国人民解放军仪仗大队的全体官兵。我们都希望有更多更好的时代影像，那就要有更多更好的时代中的人、更多更好的时代的创造。今天的这个时代赋予了每个人创造的可能，我们也别辜负了这个时代。

点亮思想之光，嘉奖向学之心。《一堂好课》，我们下期再见。

文博课

主讲人　单霁翔

故宫博物院原院长、清华大学建筑学院博士生导师，已出版《癸巳集》《城市化发展与文化遗产保护》等

康辉：

同学们好，今天我们这堂课安排的是探寻上下五千年中华文明根脉的文博课。中华文明能够绵延五千年，一个重要的原因就是懂得兼收并蓄。而由这样的文明滋养的中华民族必定“博学而无穷，笃行而不倦”。这堂文博课会帮助同学们更好地认识一个古老而又充满生命活力的中国。今天报名来听这堂文博课的同学非常多，我从中选了两位课代表、一名值日班长。

霍尊：

国风音乐人，代表作《卷珠帘》《天行九歌》

大家好，我是会让古画“唱歌”的霍尊。

于朦胧：

演员，代表作《三生三世十里桃花》《新白娘子传奇》

我是于朦胧。文物的三生三世，让我们一起去探索。

黄晓明：

影视演员、歌手，代表作《中国合伙人》《风声》《无问西东》《神雕侠侣》等

同学们好，我是今天的值日班长黄晓明。想跟我一窥中国历史文化的精彩吗？到今天为止，我拍了很多的古装戏。在拍戏的过程中，首先需要做功课，因此就对中国的历史文化产生了非常浓厚的兴趣。所以听说今天《一堂好课》上的是文博课，我觉得必须过来一起听讲。

中国文化遗产保护的历史和发展

2019年7月6日，一个喜讯传遍了祖国大地，也传遍了世界各地。在世界遗产大会上，中国的良渚古城遗址进入世界遗产名录。虽然这些年几乎每年都有我们的文化和自然遗产进入世界遗产名录，但是这次是一个非常重要的项目。几十年来，我们的历史学家、考古学家经过辛勤的工作探究，已经证实我们有五千年的文明。但在国际社会，大家是否知道？这次申遗的成功使我们中华五千年文明的故事传遍了世界各地，也增强了我们的文化自信。

浙江良渚古城遗址公园，莫角山宫殿区

世界遗产运动在国际上诞生不过百年，但是它的迅速传播却对今天有非常重大的影响，影响着我们每个人。20世纪中叶以来，国际社会会共同保护那些受到侵害的文化遗产。比如埃及的努比亚遗址因为阿斯旺水库的建设将沉没水底，就有三十多个国家集体行动来进行拯救；意大利的威尼斯水城因海平面的上升而面临危险，联合国教科文组织也组织了世界文博力量进行研究、拯救。在这样的背景下，一个重要的理念诞生了：这些自然文化遗产不是一个城市、一个国家独有的，而是人类共同的遗产。因为人类共同遗产的理念，1972年诞生了一个重要的公约，就是《保护世界文化和自然遗产公约》，我们通常叫作《世界遗产公约》。我们国家加入《世界遗产公约》的时间相对比较晚，在它诞生十三年以后，也就是在1985年。但是1987年中国就有了第一批世界遗产，即大家熟悉的长城、北京周口店猿人遗址、秦始皇陵兵马俑、故宫、敦煌莫高窟、泰山。从此一扇通向世界遗产保护的大门打开了。越来越多的城市，越来越多的地区，希望让它们那些具有突出价值的文化和自然遗产走向世界。特别是1997年，两座小城—— 一个是山西的平遥，一个是云南的丽江—— 被列入世界遗产名录，引发了很多人的关注，它们一下成了文化和旅游结合的典范。于是一个长长的预备名单就诞生了，很多地方都希望能够早一天把自己的自然文化遗产列入名录。

2004年，联合国教科文组织世界遗产大会在中国召开。这次大会对于文化遗产和中国的文物保护事业的讨论非常深入，也非常有成效。但是会上也定了一项对于中国这样的有五千年文明的古国不太有利的规定，就是国家无论大小，每年只能申报一项文化遗产。也就是说，我们这个拥有这么多文化遗产资源的国家，和一些相对比较小的国家待遇是一样的。无疑，这项规定是正确的，它旨在号召人们更加关注文化多样性。而我们那长长的名单给了我们很大的压力，因为有太多的地区、太多的城市希望通过加

甘肃敦煌莫高窟佛像

入世界遗产名录，使自己的文化遗产得到更好的保护，得到更好的传播。因此，我们在不断地加强和国际社会及组织的沟通。

2004年高句丽王城、王陵及贵族墓葬，2005年澳门历史城区，2006年殷墟，2007年开平碉楼与村落，2008年福建土楼，2009年五台山，2010年登封天地之中历史建筑群，2011年西湖文化景观，2012年元上都遗址，2013年哈尼梯田先后申遗成功。2014年居然有两项申遗成功：一项是大运河，另一项是丝绸之路。因为丝绸之路是跨国申报，由中国和吉尔吉斯斯坦、哈萨克斯坦三国共同申报，用的是吉尔吉斯斯坦的名额。2015年土司遗址，2016年花山岩画，2017年鼓浪屿，2018年没有成功。但是没有一个国家年年都申报，更没有一个国家年年都成功，我们还是付出了极大的努力。虽然我们国家通过申报，成了全世界拥有世界遗产最多的国家，但我想数量最多也不重要，最重要的是改变了人们对人类共同文化遗产的认识。

大家知道我们现在的文化遗产保护和过去的文物保护有什么不同吗？

其实我们在不断地探索，在不断地拓展我们保护的范围。比如过去我们的文物保护，保护的是文化要素。比如泰山，保护的是摩崖石刻。当泰山申报世界遗产的时候，我们认识到其实摩崖石刻跟山体是不可分割的，人与自然共同创造的文化景观是要整体保护的。于是泰山、庐山、青城山、峨眉山、五台山、武夷山、黄山这些名山，今天都进入了世界遗产名录。这是第一个不同之处。

第二个不同，过去我们的文物保护往往保护静态的东西，比如古遗址、古墓葬、石窟寺、万里长城，它们已经失去了最初的建造时的功能，今天只是被研究被观赏的对象；但是今天的文化遗产保护还要保护人们生活其中、生产其中的那些地方，比如江南水乡，比如传统村落，比如民族村寨，比如历史街区，这样的对象正大量地进入我们今天保护的视野。人们还生活其中，它们还在不断地发生着变化。

大约在十年前，北京大学的宿白教授（考古学家）给我写了一封信。他说因为云南和西藏交界的地方要建一个水库，千年的芒康盐井会被淹没。于是我们进行了实地勘察，发现它是世界上独一无二的。上千年来，藏族和纳西族的同胞在这儿建设了这样一个大型的产盐区。所以我们上报国务院，它被公布为全国重点文物保护单位，工程建设停止了。随着我们认识的提升，一些珍贵文物被保护了下来。最早的植物类全国重点文物保护单位是河北聚馆的枣园，一片枣树林子是有生命的。它能进入文物保护，也开阔了我们的思路。袁隆平院士听说了，说枣园能被列入全国重点文物保护单位，他做了三十七年杂交水稻，水稻田能不能也被列入？他给国家领导写了封信，我就去调研。那个地方在湘西，很偏远，袁隆平院士的团队长期在那里工作。我们看到那些水稻田，还有他当时非常艰苦的居住环境，今天都印象深刻。我们写了报告，于是它成了全国重点文物保护单位，他在安江农校的纪念园也正式揭牌了。

西藏芒康盐井

第三个不同，过去我们保护一座桥、一个塔、一片古建筑群，后来扩大到历史街区、历史村镇、历史城市，由点到面；今天，我们认识到还要保护那些商品贸易、文化交流、人类迁徙的线性遗产或文化线路，于是开始关注这些巨型的遗产。比如沙漠绿洲、丝绸之路、草原丝绸之路、佛教丝绸之路、海上丝绸之路，比如大运河、茶马古道、万里茶道，比如红旗渠这样人类开凿的水利工程，今天也进入了保护名录。这是一个巨大的进步。大运河连接着三十五座城市，丝绸之路的中国段连接着我们四个省和自治区，保护它们就要动员更多的社会力量。

第四个不同，过去我们保护那些古代的历史悠久的，后来开始保护近代的，今天还要保护那些当代的文化遗产。比如兰州有一座百年铁桥，兰州市政府给它过了一百岁生日，把它申报为全国重点文物保护单位。还有一座相对比较年轻的桥，就是南京长江大桥，今天也进入了被保护之列。大庆第一口油井、大寨的梯田和村庄、核武器研发基地、卫星发射中心，也都进入了保护名录。我去新疆的克拉玛依，我们的同人说："那些高高的井架是不是需要保护？"我说需要。当年有多少诗歌、多少歌曲歌颂我们的石油工人，他们挺进荒原，竖起高高的井架，摘掉了我们国家贫油国的帽子！我问还有多少个，他们说还有最后一个。因为当新型的采油工具"磕头机"进入油田以后，那些井架被认为没有保护的必要，慢慢就没有了。所以今天，我们要把它放到博物馆里面。最近国务院公布了全国重点文物保护单位，把国庆十大建筑纳入，我觉得这也是对新型当代建筑进行保护的很重要的举措。

第五个不同是，除了保护那些宫殿建筑、寺庙建筑、纪念性建筑，还要保护那些工业遗产、那些传统民居、那些人们生活其中的建筑。这些建筑如陕北的窑洞、海南的乡土建筑、张謇先生的大生纱厂，有它们的独特价值。中国最早的民族工业代表如上海杨树浦水厂，今天也进入了保护名录。在世博会期间，上海市成功地保护了江南造船厂的工业遗产，把厂房用作了展馆；同时还保护了一批上海当年作为大工业城市、经济中心的象征，那是它的根、它的魂。北京今天申报冬奥运，那么冬奥运的筹备单位在哪儿？在首钢。首钢没有被作为一般的房地产开发使用掉，而是成了工业遗址公园，让更多的人在这里面体验20世纪我们国家工业发展的历程。我到长春时，长春的市长说："我们长春是一个比较年轻的城市，没有一处全国重点文物保护单位。"我说："按照今天文化遗产的理念来看，长春电影制片厂、长春第一汽车制造厂都在人们的生活中留下了深刻的印象，发挥了非常大的促进社会发展的意义，应该保护。"于是，长春第一汽车制造厂和长影都成了全国重点文物保护单位。

第六个不同是，以前保护的是物质，而现在还要保护那些非物质的。越来越多的非物质遗产，比如羌族的羌笛、黎族的黎锦、哈尼族的耕作技术、傣族的泼水节、汉族的过年习俗，都进入了保护名录。有的非物质文化遗产比较独特，比如福建的提线木偶戏，以及苏州御窑金砖制作技艺。故宫使用了很多金砖。在苏州，今天还有用传统工艺生产金砖的企业。一块金砖要经过几十道工序才能完成。大量的非物质遗产，还有那些跟人们生活密切相关的老字号，今天进入了保护名录。这样的视野，使我们知道文化遗产保护和千家万户和我们每个人的关系，于是就能动员起社会的力量来进行保护。

保护文化遗产就是传承文明

大家知道丝绸之路申遗，遗产地大多数都是古代的遗址，其中一个重要的地点在西安。周秦汉唐大遗址群中，当时我们关注的是面积比较小的大明宫。大明宫是唐代二百二十年间的政治文化中心，是北京紫禁城的三倍，也是很大的。但是它长期以来没有被作为遗址保护。特别是20世纪40年代，黄泛区河南的老乡们走西口，到西安城下没有本钱进城，就看上了道北这块荒凉的土地，于是打井造田、搭棚建屋，居住在了上面，人越来越多。其实，这就是大明宫遗址。到2005年的时候，大明宫含元殿修起来了。修起来的时候，当时的西安市市长很兴奋。站在含元殿的台基上往下面看，会有种“君临天下”的感觉。他说应该让国内外的游客都到含元殿遗址上来，看看盛唐的气魄。我说：“怎么看？周围全是杂乱无章的房子，大轿车连头都掉不了。”于是我们下决心进行整治，准备将来申报世界遗产。我们开展了一系列的讨论，决定建设考古遗址公园。这个决定得到了社会的拥护，我们在拆迁的过程中，五个拆迁办公室都被锦旗给铺满了。大明宫遗址上居住了约10万老百姓；在

350万平方米以棚户为主的住宅区里，十几户居民共用一个水龙头、一个洗手间。处于这样的生活环境中，人们怎么能够热爱这处遗址，怎么能够倾心地保护这处遗址？所以我们制订了一个整体的保护计划，开始了大明宫遗址的建设。十个月的时间，约10万老百姓在周围得到安置，杂乱无章的建筑被拆除，形成了大型的考古遗址公园。

今天大家如果到西安，我建议大家去看看，它已经成为世界遗产了，展现出它的魅力。我认为修建遗址公园有五得而无一失。第一得，遗址得到了保护,就不可能再有盗掘，再有违章建设。今天大明宫周围19.6平方公里的区域，过去是一些杂乱无章的房子，谁都能在这里搞建设。第二得，城市获得了一片文化的绿地。第三得，老百姓得到了实惠，约10万老百姓改善了他们的生活居住条件。第四得，城市的社会经济得到了发展。第五得，人们看到了十三朝古都的风采，增强了对自己城市的自豪感。今天，大明宫遗址公园进入了世界遗产名录。人们运用多种手段，对它进行了保护，使遗址内容得以呈现，同时建立了遗址博物馆，诉说大明宫的历史。

西安大明宫丹凤门夜景

我们有那么多的历史文化名城，有那么多沉睡在地下的遗址，是不是应该使它们都能够融入今天的社会生活中，得到长久的保护？西安召开了大遗址保护的高峰论坛，请有大遗址的城市的市领导们来参加。他们参观了大遗址建设的现场，走上讲台时，几乎每个人都在说，回去以后一定要让他们城市的遗址也像公园般美丽。接着，更多的大遗址保护行动开展了。十多年前的秦始皇陵几乎每天都是旌旗招展、锣鼓喧天，有的外国游客不知道他们在做什么，以为是在过什么节日，其实就是做生意。但是通过遗址公园的建设，今天的秦始皇陵已恢复了应有的历史氛围。这样，越来越多的大规模古代考古遗址融入社会生活中，并得到了更好的保护。

大城市的中心区申报世界遗产，难度是非常大的。杭州西湖要申遗，而杭州是一个蓬勃发展的大城市，西湖又在城市的中心，它的特点就是三面云山一面城。要成为世界遗产，首先要确保“三面云山”不能有新的建筑侵入，这要下很大的决心。

但这十年申遗路，使西湖得到了保护。今天大家无论是荡舟西湖里，还是漫步苏堤、白堤，都看不到任何一栋建筑侵入“三面云山”。2005、2006、2007这些年，杭州的地价、房价的增速超过了北京，超过了上海，谁不想在西湖边上有一个项目？但杭州的社会经济发展受影响了吗？没有受影响。杭州市坚定不移地从西湖时代走向了钱塘江时代，在钱塘江两侧，气势磅礴地建设了新城。G20峰会的时候，这座新城的景观传遍了世界。这就实现了梁思成先生当年的主张，保护老城和建设新城相映生辉。

所有这些案例告诉我们什么？只有动员起社会强大的保护力量，文化遗产才更安全。过去发现地下遗存时，我们的考古工作者进入现场，用彩条布把它围起来；珍贵文物出土时，我们申请武警站岗，三年五载，披星戴月，用小刷子、小铲子一点点剥离地层，小心翼翼地现场拍照，包起来运回我们的考古研究所。但今天我们知道，其实这些出土的珍贵文物及它们代表的灿烂文化对附近的村民和他们的子孙后代有非常重要的意义，这是他们祖先的创造，他们从发掘中获得了文化自尊心和自豪感。过去我们的考古工地会有很多村民在守望，看着我们每天在做什么。今天我们在考古现场会用通俗易懂的方式告诉村民做考古的意义、大家的祖先为中华民族的发展做出了哪些有益的贡献。其实很多重要的发现，包括秦始皇陵兵马俑，最早的发现人就是我们的农民。

2004年，贵州省黎平县的地坪乡发生过一件非常令人感动的事情。这里当年还比较贫困，人均年纯收入只有700多块钱。村寨间有一座非常漂亮的地坪风雨桥，是全国重点文物保护单位。但在2004年8月20日那天下午，突降暴雨，山洪一浪一浪地从上游滚过来，这座桥就摇摇欲坠了。当时村民去找绳子找铁丝来捆绑这座桥，不希望它垮掉，却无济于事。一个巨浪打来，这座桥轰然倒塌了。但就在这个瞬间，在场的124名侗族小伙子纷纷跃入洪水，拼死打捞家乡风雨桥的构件，历时三天三夜从贵州一直打捞到广西。他们告知沿途村庄的村民，上面漂下的木材来自家乡的风雨桥，他们要把它们运回去，家乡不能没有风雨桥。最后在政府的组织下，经过十多天的时间，他们打捞上来的构件被运回了地坪乡。清理后发现，28根大木构一根都没有少，73%的构件回到了原地，使这座桥得以重建。媒体采访村里的老人，问："桥垮塌的时候，也没人组织，村民们为什么纷纷跃入洪水去抢救？"老人说："这儿就是他们的家，他们从小就在桥上听老人讲故事，做作业，唱侗族大歌。侗族大歌有一句歌词，'地坪花桥传万代'，花桥早已是他们生命的一部分了。花桥遇到什么危险，他们都会挺身而出的。"这就是当我们民众跟他们家乡的文物建立了血肉联系以后，才能出现的奇迹。今天风雨桥得以重建，我想这感人的故事应该被记录下来，就建议在地坪桥的桥畔树块碑，把农民的事迹在碑上篆刻下来，叫他们子孙后代都能够知道。

北京圆明园遗址考古发掘现场

这些感人的故事引起我们对文化遗产的思考。今天，文化遗产保护的范围在扩大，内涵也在深化。长期以来，人们都在不断争论文物保护重要还是利用重要。今天我们终于知道，保护也不是目的，利用也不是目的。那什么才是目的呢？传承！把我们祖先创造的灿烂文化，经过我们手，经过我们的时代，真实完整地传给子孙后代，这才是最重要的。这就告诉我们，我们每一个人、每一个城市都不能随意处置文化遗产。我们要为子孙后代留下更多的东西。另外，文化遗产保护不是文物保护部门的专利，不是部门行业系统的工作，而是全民的事业。把文化遗产保护的知情权、参与权、监督权和受益权交给亿万民众，我们的文化遗产才会更安全。于是在专家的呼吁下，文化遗产日确立了。每年全社会大规模地举办文化遗产保护的宣传活动，使更多的青少年参与文化遗产保护的教育活动中，加入志愿者的行列，使我们的文化遗产伴随着每个人的学习过程、工作过程。我们的博物馆、我们的文化馆、我们的图书馆、我们的纪念馆都应成为文化的绿洲。

我在故宫工作的故事

我在2012年1月到故宫工作。今天进入了文旅融合的时代，我们怎么能使这处世界遗产既得到保护，又得到合理利用？它是世界规模最大最完整的古代宫殿建筑群，是全世界最丰富的中国文物藏品的宝库，也是全世界来访人数最多的博物馆。那么这些世界之最怎么让人们感受到呢？这是一个难题。我看到大部分区域其实都没有开放，人们可以参观的区域是一小部分。我看到99%的藏品沉睡在库房里面，拿出来展示的不到1%。观众虽然每天都会很多，但是我跟着他们一遍一遍地走，体会到他们大多数人都是跟着导游的小旗盲目地往前面走。他们听着并不专业的讲解，去看看皇帝坐在什么地方，躺在什么地方，在什么地方结婚，然后看看珍宝馆、钟表馆，去御花园休息休息，导游就会说“咱们去吃饭，下午去长城了”。其实他们只是到此一游而已。我想他们究竟能从这次难得的文化之旅中获得什么。有些从西北来的老大爷老大妈，领着孩子，走累了，坐在台阶上，从包里面拿出行军壶，把盖儿拧开，拿着自己带的干粮在那儿吃在那儿喝。他们可能都舍不得到饭店吃一顿饭，也要来到故宫。但是当走出故宫博物院的时候，他们能够获得什么？我们对得起他们吗？所以我们必须要改变，这些世界之最不是最重要的，最重要的是我们拥有的文化遗产资源究竟在多大程度上为人们的现实生活做出贡献。

故宫博物院的改变是从门前广场开始的。过去我们的门前广场是个商业化的广场，卖全国的小商品，和故宫文化没有什么关系。我们进行了整治，先把门前广场搞得清新、庄重、典雅，让人们怀着期待走进这座文化殿堂。过去人们最受罪的可能就是排队买票，往往排队半个小时、一个小时，甚至更长的时间，好容易挤到窗口买完票，还进不去，还有很多麻烦的手续，如验票、安检、存包，进去的时候就筋疲力尽了。现在人们到故宫博物院，三分钟之内就可以买上票。如果观众用省下的时间多看一两个展览，我们辛辛苦苦办的这些展览就有更多的观众能够参观，对于观众、对于我们都有益。

再比如，长期以来，人们总抱怨这么大的故宫博物院，总叫人坐在台阶上、铁栏杆上，那铁栏杆都给坐弯了，不能设些椅子吗？我们经过研究，选择了一种适合大流量观众使用的实木座椅。现在的故宫博物院一共有11000个座位，观众能在各个地方有尊严地坐下休息了。

以前观众们还不断抱怨，故宫大殿里黑漆漆的，外面越亮里面越黑，就不能点亮灯让观众看得清楚一点吗？我们要无数次地跟观众耐心解释，这是木结构的建筑，不能通电；里面陈列的物品都是古物，特别是那些纸质的和丝织品，是不能长期被灯光照射的。道理很硬，但人们确实很痛苦。孩子往里面挤，挤不进去；老人往外面挤，挤不出来。真的不能改变吗？今天科技发达了，我们尝试选择了LED的冷光源，不发热，不是一组组灯泡照射，而是一组组光源板散射。灯具不是挂在木结构上，而是离木结构2.5米以上，用石质的灯座固定下来。开灯的时候，两名工作人员在两边值守，用测光表反复测敏感部位的光线，保证不超标，还要反复地进行调试，征求观众的意见，让观众满意。这样，我们用一年半的时间研发后，点亮了紫禁城。

但是我们作为一个文物保护单位、一个博物馆，做任何事情都有一个最重要的前提，就是确保安全。大家知道这两年确实发生了一些文化悲剧，比如说2018年的一把大火，把巴西国家博物馆90%的文物烧毁了；2019年初，一把大火又让世界文化遗产巴黎圣母院遭到了重创。听到这些消息确实也很难过，但是我也在想，这些砖石建筑居然都能着火，故宫可是有1200栋全木结构的建筑，所以恐怕世界上没有任何一个博物馆比我们防火的难度更大。我们不断地加强安防系统。今天故宫博物院设立了五个中控室，中控室里面有65面大屏幕，连接着3000多个摄像头。一个现代化的博物馆，有一个中控室、几百个摄像头就够了。故宫这么复杂的地形地貌，就需要这么强大的安全系统。我们加强世界遗产监测，对动态的、静态的，物质的、非物质的，可移动的、不可移动的，进行全天候全时空的监测，同时提升我们的防雷系统。我们的年轻员工组成一代一代义务消防队，经常进行集训。全体员工都要参加消防运动会，提高消防技能，提高消防意识。我们每年都要举行大型的联合消防演习，学习一旦发生火情，如何先把文物抢救出来，如何先把伤员抢救出来。不但我们消防队员要演习，机器人也要演习，一旦出现火情，它们会奋不顾身地冲入室内，把明火灭掉。总之，强大的消防力量使我们在发生问题的时候能及时扑救。

但是更重要的是不能发生问题，是预防性保护。所以从2014年到2016年，故宫博物院组织了持续三年的全院环境大整治。我们对房间里面堆得杂乱无章的物品进行了清理，对家具上面堆放的东西进行了清理、保护，对一些古书画进行了修复。这就使我们9371间房，间间都干净整洁。我们还对室外进行了清理，干了持续两个星期的全院大扫除，把杂物清扫干净。当时很多地方不开放，长满杂草。有经验的老先生告诉我，进去时要大喊两声，叫小动物先跑，否则踩了小动物人尴尬，小动物也尴尬。故宫有一处非常重要的古代建筑叫玄穹宝殿，是道教建筑群，当时杂草没腰。我们对这些地方进行了清理，不该长草的地方一根草都不能有。地上不能有草，屋顶上也不应该有草。过去我们的瓦上长了很多的草，生态环境很好，但是它们要生存，就要把根扎在瓦里面，瓦被拱松动了，雨水灌进去，梁下就糟朽。我们对杂草宣战，很不容易，因为不是拔掉就可以了，两场雨过后它们又会长出来。斩草要除根，所以我们要一块一块瓦揭开，把草根拔出来，把古建筑修好，把缝抹实，不要让草籽再落进去。经过两年的奋斗，我们终于可以对社会宣布，故宫博物院1200座古建筑上没有一根草。

北京故宫博物院俯视图

除了上面提到的改善服务、确保安全，想要真正提高观众参观质量，还要扩大开放区域。要扩大开放，前提是把古建筑修好。我的前任郑欣淼先生，在故宫当了十年的院长，那是故宫博物院发展最好、做事最多、取得成效最显著的十年。他刚一上任就启动了故宫整体维修保护工程，下决心用十八年的时间——从2002年到2020年——把故宫1200栋古建筑全部修好。这是非常了不起的计划。今年已经是第十七年了，明年最后的基础建筑修好就全部修好了。武英殿是第一个修好的，成为我们的陶瓷馆。西部最大的宫殿慈宁宫，修好了以后，现在成了我们的雕塑馆。1923年6月，一把大火把建福宫花园烧掉了，当时清朝的末代皇帝溥仪还在宫里。内务府说是因为电线进了宫殿引发了火灾。其实更多人相信是太监偷东西，纵火把罪证烧掉。经过国家批准，我们把它修好了，它已成为重要的教学场地。这场大火中，南面的中正殿也被烧毁，今天修好了，成为我们故宫研究院藏传佛教研究所陈列展览的地方。我们还要修复那些在紫禁城外面由故宫管理的古建筑。

我们还有一项使命，就是把那些文物藏品修好。长期以来，故宫都在用传统工艺、传统技术、传统材料，以工匠精神修复这些文物藏品，无疑这是要一直坚持下去的。但是今天仅有这些是不够的，我们还要加上科技的力量。这些文物是有生命历程的，我们在修复的过程中，要最大限度地保护它们的历史信息，不改变它们的原状。

所以，我们建立了人类第一个为文物而设的医院：故宫文物医院。这里汇集了200名故宫文物医生。世界各大博物馆有三四十名文物修复人员就算多的了，我们之所以要200名，是因为其中一半都是从事分析检测、无损探伤的专家。我们人类得病后到任何医院，任何一个医生都不会上来就给我们动手，或者给我们吃药，需要经过体检。文物也是如此。文物藏品、古建筑构件进入故宫文物医院后，都要经过细致的分析检测。比如一件商代的青铜器，我们首先要知道它三千年来的生命历程，包括出土的地点、历代人在它身上叠加了什么不能去掉的信息，进而分析它的金属成分、合金比例，判断它得了什么病、有害锈属于哪一种。这些分析检测报告和治疗方案出来以后，它才会被送到青铜器修复专家的手里。所以我们为这所医院配备了先进且实用的设备，这两年又增加了一百多台，比如分子结构分析的设备、3D打印的设备、检测热性能物理性能的设备，还有一台全球文物部门使用的最大的文物专用CT机。有了这些仪器设备后，我们的文物修复如虎添翼。

我们为故宫文物医院建立了23个科研实验室，来支撑我们数百种文物修复的平台。人们太关心我们的文物修复了。《我在故宫修文物》播出以后，点赞最多的居然是在校的同学们，每年报考故宫的、要到故宫来修文物的人数也迅速地增长。但是我们想告诉这些热爱故宫、想去故宫修文物的同学们，真正地进入工作状态不像片子里面那么浪漫，一会儿摘柿子，一会儿逗野猫，而是要默默无闻地坚守在修复岗位。修复一件漆器可能要几个月，要耐得住寂寞，要有这种心理准备。所以我们开放了故宫文物医院的各个修复室，展示我们的修复成果，接待了很多热心的观众。为了进行持续的文物研究，我们建立了故宫研究院。故宫有450名有高级职称的研究人员。一些老先生已经退休了，但是他们是绝对不能丢的，他们一生的经验应该留下来。所以我们建立了故宫研究院，请我们郑欣淼院长担任研究院院长。然后我们建立了古建筑研究所、考古研究所、古文献研究所、明清档案研究所、陶瓷研究所、书画研究所、藏传佛教文物研究所、宫廷戏曲研究所、中医药文化研究所、故宫学研究所等26个研究所。这样，我们90多岁、80多岁、70多岁的老先生们仍然可以工作在岗位上。他们坐在那儿，旁边有两三名年轻的学者跟他们一起工作。他们的经验、他们的精神就传承下来了。我们有大量的研究工作进入国家课题，包括带先秦铭文的青铜器的研究、28000件碑帖的研究、23000件殷墟甲骨的研究、45000首乾隆诗的研究……我们还有一个“富矿”——尺牍，都是名人的信札，有曾国藩系列、董其昌系列，等等。对它们的研究不但是书法研究，还能够揭示一段段鲜为人知的历史。我们还有18000张老照片和27000张老照片的玻璃底片，研究起来也很吃力。每张照片都要科学地定名，要知道这是谁照的、照的是谁、什么时间照的、什么地点照的。

2014年是重要的转折点，故宫开放区域超过了50%，达到了52%。我们开始推开一扇扇大门，将更广阔的空间呈现给观众。比如隆宗门，它的打开意味着广阔的西部区域第一次开放。我们员工过去把西部区域称作女性的世界。我想了想，给加了两个字，有点搞笑，但是更准确，就是退休女性的世界。因为这里住的是皇帝的母亲们。其中最大的宫殿是明代嘉靖皇帝给他母亲建的寝宫慈宁宫，规模非常大。我们在这个地方建了五个雕塑展厅，成立了故宫博物院的雕塑馆。故宫收藏了10200件各个时期不同材质的雕塑，但是从来没有雕塑馆。雕塑都在库房里睡觉，那些高大的雕塑甚至连库房都没有。比如有一座一千五百年前北齐的菩萨，非常珍贵，但是几十年都在我们南城墙的墙根躺着。每当走过那里，我都特别地难受，觉得这菩萨脸色不好，表情也不好。但现在，菩萨的脸色、表情都好了。我第一次到库房时，被吓了一跳，说："谁躺在台阶底下呢？"他们说那是一套秦始皇陵出土的兵马俑，是经周恩来总理批准送到故宫的。我一看，那匹马倒是站着的，马的脚底下躺着一个"伤兵"。我说："这么珍贵的文物怎么搁在这儿？这士兵还围着海绵躺在担架上，跟个伤兵似的。"我们赶快进行了修复，把它们陈列了出来。

这就告诉我们，当我们的文物得不到保护的时候，没有面对观众的时候，它们是没有尊严的，是蓬头垢面的。它们只有得到了保护，面对了观众，才会神采奕奕，才会光彩照人。所以我们下定决心，紫禁城建成六百年之时，一定要让我们收藏的每一件文物都神采奕奕、光彩照人。我们开放了西面的寿康宫。这个地方开放的第一天，很多年轻的观众来到这里，说这是甄嬛住的地方。其实，乾隆皇帝的生母崇庆皇太后在这儿住了四十二年。我们把老太后居住在里面时使用的家具、用具都摆放到了原处。根据史料，乾隆皇帝是个孝子，只要在宫里，每天早晨都会给母亲请安，来的就是寿康宫的东暖阁。乾隆皇帝当年看到的室内布置，跟我们观众今天看到的是一模一样的，只不过现在比那时候少一老太太。崇庆皇太后当时的卧室、起居室也都根据史料进行了复原。

经过努力，故宫博物院今天终于开放了所有的花园，包括两个明代的、两个清代的，共四个花园。最后开放的慈宁宫花园有106棵大古树，非常幽静，里面的佛堂也对公众展示了。我们今天还开放了城门和角楼。

2015 年 10 月，寿康宫正式对公众开放

故宫有完整的紫禁城城墙，但是几十年都没有开放过。城墙不开放，角楼、城楼都得不到开放。里面成了存书版的库房。其实它们不适合当库房，高高地立在城墙之上跑风漏气，书版得不到很好的保护。所以今天我们把这些建筑里面的书版一块一块取下来进行修复。比如东华门里有非常珍贵的乾隆版《大藏经》，今天我们专门办了仓储式的京版展览，把它们陈列出来。然后，我们把一座座城门变成了展厅。东华门今天变成了古建筑馆，故宫毕竟是世界最大规模的木结构建筑群，不能几十年都没有一个古建筑馆，我们保存的4900件古建筑展品需要得到展示。今天，它们有了自己的展厅。为了扩大展线，我们搭了一个二层的平台，人们可以登上平台近距离地看彩绘。这里面展示了圆明园成套的烫样、金属构件、玻璃画等，几乎每天都有同学在这里上课。

但是我们也知道，我们开放再多的区域，举办再多的展览，到故宫博物院来参观的观众仍然是全球人口很少的一部分。我们不就是千万级的博物馆嘛，我们要靠什么成为亿万级的博物馆、十亿万级的博物馆？就要靠数字技术，靠互联网技术。经过努力，前年我们网站的访问量有8.91亿。我们把外文的网站做得更加强大，让世界各国的观众通过网站了解故宫文化。我们把青少年网站做得更加活泼，让孩子们在网上就能走进博物馆听通俗有趣的故事。我们开始举办网上展览，让人们足不出户就可以参观故宫博物院。2016年，我们率先把全部文物藏品都公布了，人们从网上可以查到故宫任何一件藏品的基本信息。

习近平总书记说："让收藏在禁宫里的文物、陈列在广阔大地上的遗产、书写在古籍里的文字都活起来。"我认为这是今天文物保护和文旅融合的方向。正是因为坚定不移地贯彻了这样的理念，我们今天才可以骄傲地说，我们把一座壮美的紫禁城完整地交给了下一个六百年。

究竟什么是好的文化遗产保护？我不认为把这些文物锁在库房里面死看硬守，就是好的文物保护状态。我认为它们应该重回人们的社会生活，因为这些文物、这些文化遗产本身就来自社会的创造。今天，它们应该回到人们的社会生活中，被人们呵护，让人们体会它们的魅力，这样才能得到更好的保护。受到保护的文物才会更有尊严，有尊严的文化遗产才能成为促进社会发展的积极力量。祖国大地上的这些文化遗产、博物馆都成为促进社会发展的积极力量，才能惠及更多民众，使更多的民众投入中华优秀传统文化的传承和文化遗产的保护之中。我认为这才是好的文物保护状态。

什么是一个好的博物馆？好的博物馆不仅仅要建高大的馆舍，要对外开放，还要不断地挖掘自己的文化资源，发挥出强大的文化力量，不断地推出引人入胜的展览，举办丰富多彩的活动。人们在休闲的时候就会想到这座博物馆，就会走进这座博物馆，走进去以后流连忘返不想回去，回去以后还要再来。我认为这样的博物馆才是一座好的博物馆。所以我们为此而努力。我今天的课就讲到这里。

康辉：

谢谢单霁翔院长的精彩演讲。作为《一堂好课》的班主任，最后我还想和同学们分享著名古建筑专家罗哲文先生讲过的一句话："世界遗产在地域上是我们的，但绝不仅仅是我们的，而是世界的，世界的就是共享的。保护是我们的义务，传承是我们的责任。"

点亮思想之光，嘉奖向学之心！《一堂好课》，下期继续。

音乐课

主讲人　罗大佑

音乐人、作家，华语流行乐领军人物，代表作《恋曲1980》《恋曲1990》《童年》《光阴的故事》等

康 辉：

今天特别高兴能够和同学们一起来上一堂音乐课。音乐是生活当中非常重要的一部分，好的音乐可以打动人心，可以抚慰人心；好的音乐还可以跨越时空，让不同时代的人心生共鸣。我们的心有多大，音乐的世界就有多大。而在那个世界里有中正平和，有壮怀激烈，有浅斟低唱，也有大江东去。音乐的世界是如此的美好和丰富，那么我们今天这堂课从哪里进入呢？我想就通过大多数年轻人最能产生共鸣的流行音乐这扇门，来走进音乐的世界吧。现在，大家来认识一下这堂课的三位课代表和主讲人。

阿牛：

创作歌手、导演，代表作《对面的女孩看过来》《桃花朵朵开》等

各位同学，大家好。我就是那个《对面的女孩看过来》，然后希望大家一起看《桃花朵朵开》，数着《浪花一朵朵》的阿牛。

鞠婧祎：

歌手、演员，代表作《恋爱告急》《孤独与诗》等

大家好，我是演员，也是歌手鞠婧祎。我在出道的时候，是一个比较擅长唱、跳的艺人，虽然后来大多时间都在演戏，但还是希望能再有一个舞台，可以唱歌，可以跳舞。所以我希望今天能在这堂课上，学到更多音乐方面的知识。

颜人中：

新生代唱作人，代表作《晚安》《嗜好》等

大家好，我是颜人中。目前在努力成为一名创作型歌手，这是我的目标。

罗大佑：

各位同学大家好。今天我们要讲的是音乐、歌曲和人的关系，讲一些来自学校以外的建议。

音乐是气体状的

我并不是音乐科班出身，在读书的时候，也没有学习音乐的课程。但我在四十多年的生命里一直在做音乐，所以特别来与大家分享一些学校外的事情。

音乐是什么？大家会想，我在学校里学习了三四年音乐，还不知道音乐是什么吗？我觉得，假如我们把艺术比作三种形态，即固态、液态和气态的话，音乐比较像气态，因为大家都说，音乐是看不见、摸不着、闻不到的一种艺术形态。我再举例说明一下什么叫固态的艺术作品。比如说罗丹用几十年的时间才完成的雕塑《思想者》，当最后一刀刻下去的时候，这个作品就完成了。从那个时刻开始，这个作品就不再变动了。雕塑就是一种固态的艺术形态。

什么是液态的艺术形态？有一个童话名叫《三只小猪》，里面有猪大哥、猪二哥和猪小弟。猪大哥用茅草给自己盖了一间房子，大野狼看到了很生气，跑过来一吹，就把他的房子给吹倒了。猪二哥赶快用木头造了一间房子，大野狼更生气了，他用力一吹，又把猪二哥的木头房子给吹倒了。猪小弟很紧张，他用砖头造了一间房子。大野狼气极了，跑来吹了三下，都没有把猪小弟的砖头房子吹倒。这个故事给人留下了一个充满童趣的印象：一只野狼怎么可能把房子吹倒？故事没有写出来的地方，就可以供小朋友在大脑里自由想象。这种艺术创作，我称它为“液态的创作”。

音乐与舞蹈艺术类似。一位舞者坐在那里一动不动时，什么都没有发生，可当那舞者的脚开始移动、四肢伸展开来时，奇迹就发生了，你觉得一种艺术诞生了。突然之间，他跳起来，再跳起来，身体在空中画出了几道弧线，你知道这种艺术形态是不容易记录下来的。等到最后，舞者慢慢地静止在舞台上，一切归于平静。中间发生的舞蹈动作，就是气态的艺术形态。音乐是最接近这样的艺术形态的，虽然它不能被看见，不能被触到，也闻不着，但是你知道它存在着。

音乐是气态的，所以大家在看待音乐时众说纷纭。每个人都有一双耳朵，每个人都有心灵，每个人听音乐的时候，感觉都不会一样。为什么会产生这种结果？当一个作曲家创作完了一首曲子，这部作品其实只完成了一半，因为它还没有被表演出来。曲子需要被表演出来，才能算是一部完整的作品。所以一首曲子分为两个阶段：创作的阶段和被演唱或演奏的阶段。既然它必须要被演绎也就会被二次创作和解读，每个人当然会有不一样的感受。我们去听钢琴家鲁宾斯坦弹奏莫扎特的《A大调奏鸣曲》，一定跟钢琴家霍洛维茨弹的不一样，霍洛维茨跟我国钢琴家傅聪弹的也会不一样，而傅聪弹的，一定跟楼上某个学生弹的不一样。再加上不同的文化、年代和环境的影响，音乐作品难免会有各种各样的解读。

当我们星期五晚在香港尖沙咀的红磡体育馆看张学友的演唱会时，现场有一万多名观众，声光效果十分绚烂。我们再去看第二天晚上的钢琴演奏会，现场似乎只有打在演奏者身上的聚光灯。我们或许会好奇这两种音乐会形式的差异是怎么形成的。如果大家曾在现场或电视上看过张学友的演唱会，会看到很大的屏幕，会感受到应接不暇的声光效果，可能还会有舞蹈团甚至特技团在这场演唱会里出现。想象一下，肖邦的独奏会又是什么状态呢？1810年出生的肖邦，在那个年代演奏时，没有麦克风，没有绚丽的灯光，所以观众看到的是在蜡烛的烛光映照下的演奏者与他弹的钢琴，台下没有别的光源，那该是一场多么安静的音乐会呢？19世纪初有着

融合了古典与现代两类乐器的音乐会现场照

这样的音乐表演形式，而在21世纪初，张学友的演唱会，又是另外一种形式，这两种音乐都是各自时代的产物，它们是多么不一样啊。所以音乐是流动的，正如气体一般。

同样是三重奏，我们听到的贝多芬的三重奏是由小提琴、大提琴和钢琴共同呈现的。而在现代黑人钢琴家奥斯卡·皮特森这里，三重奏就变成了钢琴、低音提琴和鼓的结合。音乐是会随着时间流转变化的。

那音乐不是什么？音乐不是CD光盘，不是黑胶唱片，不是卡带，也不是MP3，虽然这些都是音乐的载体，我们用它们来播放音乐。音乐就像存在在空气里面，它不被任何一样东西束缚住，我们看到的只是它的载体而已，它是捉摸不到的。音乐的载体会随着人类科技的演化，不断地改变，音乐会随着时间流转变迁，也可以从这个角度说明。

人类的嘴竟然是乐器的老祖宗

接下来，我们要来定义歌是什么，以及不是什么。

据历史记载，在大约两千八百年前，伟大的希腊盲人诗人荷马无法亲自用笔写下《伊利亚特》和《奥德赛》，所以他通过口述的方式让人记录下了这两部史诗。那些古希腊战场上的惨烈传说，通过他的口述历历在目，真实到令人汗毛竖立。

约三千年前的中国，我们有了第一部诗歌集《诗经》。现在我们称《诗经》为诗，可是在那个时候，它是歌曲。《诗经》其实是诸侯或部落的首领，各自采集了当地的民歌后交给宫廷，宫廷再结合雅乐和祭祀的颂歌整理成的一部作品集。因为古代没有录音技术，所以歌曲就是口口相传的。在那时，民间记录文字都不是很方便，于是唱歌成了彼此沟通的一种重要方式。

每个人都有一张嘴，可以讲话，可以发声，也可以唱歌，所以唱歌是一件无所不在的事情。在20世纪五六十年代，台湾地区的音乐工作者史惟亮先生和许常惠先生去少数民族的居住地做了许多民歌调查。他们发现当地人有晨起的歌，有上工时的歌，有播种时的歌，有收成的歌，有休息时的歌，还有回家时的歌。晚上回家吃晚饭，还有晚饭前的歌，要睡觉时，甚至也有睡觉的歌。没有文字的少数民族，用歌承载了他们生活的状态、日常的仪式和生活中学到的各种东西，然后传给下一代。歌在这个时候就变成了将本民族文化流传下去的“书籍”。

现在来说，我们的音乐与上个世纪头二十年的音乐，有什么差别呢？

有几样东西的出现改变了音乐的形态。第一是麦克风。自从有了麦克风，表演者即使站在舞台上远离观众轻轻演唱，台下的所有人也都能听得清楚。为什么古老的美声唱法的声音一定要非常洪亮？因为从前大家的表演没有麦克风，没有音响，只能通过这样表达出去，音乐才能被听到。

第二个是录音技术。当声音可以被录下来以后，人类的音乐就可以被大量地复制了。录音技术蓬勃发展后，音乐工业崛起让音乐更易于传递出去让大家听到。从此，能听到音乐的人变得越来越多，音乐欣赏不再限制在一个场所里。录音技术一直在不断发展，在我18岁的时候，我组建过一个合唱团，那时候我们录音只有两个音轨的录音机，到后来我录电影主题曲《闪亮的日子》的时候，台湾才有4轨的录音机，后来逐步演变成48轨，等到MIDI[1]出来的时候，已经是无限轨道了。

第三是媒体的盛行。伴随着广播电台的兴起，音乐被更为广泛地传播开来，并随之成为人们日常生活里的陪伴。

接下来是数码技术的介入。在1986年，当雅马哈发明了第一台数字音场处理器以后，我的许多演奏圈的朋友都失业了。因为各种乐器的声音变得数码化，从前需要在音乐会或者演唱会现场才能听到的音乐，在家中也能呈现了。

最后是网络的普及。网络普及后，一个新的问题出现了：现在可以听到的音乐太多了，我们该选择什么样的音乐来听呢？你什么都听得到，从巴赫、贝多芬、亨德尔、莫扎特、海顿，到门德尔松、肖邦、舒伯特，一直到斯特拉温斯基。有那么多音乐，你该听什么？网络改变了音乐传播的规模。

在语言和文字出现以前，人类有没有歌？歌这种形式应该是所有音乐形式的老祖宗，而人类的嘴，应该是所有乐器的老祖宗。其实人类后来发明的乐器，都在模仿人声，并模仿它去传递情感。现在我看到六七岁的小朋友在开开心心唱着童谣的时候，就觉得人类作为一个物种非常强韧，存在了上百万年，演化到了今天，一代一代的小朋友出世后，还在用他们的嘴唱歌。这种最古老的乐器，还在被最新的一代人继续使用着。

1　英文全称Musical Instrument Digital Interface，即电子乐器的数字接口，是一种工业标准的电子通信协议。

雅马哈多音轨调音台，音乐制作也随之进入了数字化时代

如何成为音乐人

有很多朋友对我说，现在的歌听了以后没什么感受，还是老歌更动人。我说，那其实是新的歌曲还没有来得及变成老歌，所以我们不知道它们经过时间考验后是会消失还是留下。老歌的定义其实没有那么简单，过去也有许多歌，而现在我们听到的“老歌”，都是经过时间淘汰和过滤留下来的歌。所以几十年前的歌，若是流传到了现在，就可以被称为经典歌曲。新歌因为还没有来得及变成经典，所以它们有待时间的考验。我们在几十年后，就知道今天创作的哪些歌曲，能在明天变成经典。这是对“老歌”的一点解释。

音乐是漂浮在时间里的，而人的一辈子也在时间里漂流着。音乐很难讲清楚的原因，就是时间在不断变化，所以音乐的样貌也在改变。不过在这里仍然可以与大家分享我自己在做音乐时的理解和感受。

第一点，如果你要想做音乐，首先需要听大量的音乐，因为主观的创作要建立在客观的欣赏上。你要知道什么是好的音乐：民歌、爵士乐、摇滚乐、说唱音乐，等等。各种音乐类型的作品里都有好有坏。听过了大量的音乐，你才有能力分辨什么是好音乐。

好音乐是什么呢？是会让你感动的音乐，这是它的唯一标准。我大学时代学医，医学院读书需要至少七年，在学校的时间很长，我也花了大概70%的时间听各种各样的音乐，比如这个摇滚乐团的音乐，那个勃拉姆斯的交响曲。我花了很多时间听各种各样的音乐。如果听音乐的时间不够的话，可能会造成想听的音乐听不完，那我告诉你一个小技巧：若是特别喜欢某种类型的音乐，就让它在你睡觉时不断重复。因为我们对音乐的知觉和感受，其实是属于潜意识的东西，难以被分析。人在睡觉的时候眼睛没法睁开，但耳朵却是打开的。在睡觉时听一首自己喜欢的歌曲，听得多了，你就会知道，打动自己的关键点在哪里，然后在有限的时间里，抓住一个或几个类型的音乐加以训练，变成更专业的爱好者。

第二点，假如你对从事音乐二作有兴趣的话，要选择想做的音乐形态。自从网络开始盛行、可以播放大量音乐后，选择音乐形态变成了现在音乐人的一大课题，并且是很大的难题，甚至成了一个困境。在听大量音乐时，就需要去思考，什么是你喜欢的音乐，你最想做的音乐是什么样的？喜欢的音乐和想做的音乐，可能会有差距。最后，还要思考适合自己做的音乐。如果你不会使用自己喜欢的音乐形态里的乐器，就无法在那个状态里面去创作。如果你喜欢美国爵士乐，以黑人爵士乐歌手艾拉·费兹杰拉为例，她的音域非常广，可若是你的声音只有11度，在演唱她的歌时就会欠缺表现力。所以再次重申，在听大量音乐后，重要的是去判断自己喜欢的、想做的，以及适合做的音乐形态。

罗大佑在录制现场教授班主任康辉弹吉他技巧

第三点，选择一样乐器，精通它。任何一个音乐人，假如他喜欢的音乐类型的演奏乐器，他都没有掌握得像样的话，可能就不能继续做这一行了，因为乐器与人是结合在一起的。某一种乐器到最后一定会选择你成为它的使用者，不论是钢琴、小提琴、长笛，还是吉他，没有这项乐器，你就没有办法表达自己，而它也会陪着你走过接下来所有音乐人都要过的日子。如果这样乐器超过十年也没有办法找到的话，你可能就要放弃这个行业了。因为音乐人与乐器需要有那种联系，它必须融入进你的生活里，成为你生命中的一部分。

然后，建议大家利用好学生时代的时间，去做任何与音乐相关的工作。朋友希望你为他的婚礼录音，电影系的校友请你帮他做配乐，没有钱不要紧，你需要的是找到一切机会，学习将自己的音乐与别的艺术形态相结合。广告歌曲也要做，因为它的时长很短，而且有十五秒、三十秒等的时间限制，你会训练自己在这短短的十五秒内如何用音乐打造出最能给观众留下印象的效果。我在二十二三岁时做了很多广告歌曲，我记得其中有一首歌曲是关于零食的。音乐做到最后，我加了些卡通人物的声音在里面，使它达到欢快活泼的效果。结果，这让客户非常惊喜。大家要多去尝试各种各样的音乐形态，才能知道该怎样用自己的所学，将音乐与别的艺术形式结合后，用在一些产品、环境当中。所有关于音乐的工作，都为你提供了训练的机会，这会帮你打下做音乐的扎实基础。

再来，找几个音乐伙伴共同研究音乐，无论是弹奏或者唱歌，永远和他们在一起。比如年轻朋友喜欢组乐队，摇滚乐、无伴奏和声、弦乐四重奏，或是合唱……在无论哪种音乐形式里，一定要有自己志同道合的朋友。有了他们，你可以随时将自己的想法与他们交流，而不是把自己关在房间里。他们给你的意见可能不是最好的，可是这种对话会让你认清自己的音乐和可能的问题，它有无可替代的价值。

组一个合唱团，或是找到志同道合的音乐人伙伴有什么好处？首先，你会从一起弹奏或歌唱里找到自己对音乐的表达。音乐有三大要素：旋律、节奏、和声。第三个，和声，是任何其他的艺术形态所没有的。一个交响乐团上台后，八九十人要做的第一件事就是调音，因为他们要和音。所以当身处一个乐队里，你会在音乐技术层面为伙伴考虑，会了解伙伴弹奏、歌唱的用意，还会知道如何与人相处。学校中的各位同学，其实少有跟人相处的经验。但当你有一群志同道合的伙伴，就会知道怎样与他人相处，与他人合作。作为一个音乐人，一定要与音乐人相处，更不要忘记自己是一个人，人需要与人相处。

要做音乐人，就是做一个用你的双手、你的脑、你的心，将音乐连接起来的人。

学音乐的人，如果太过依赖科技手段，而真正应该用的眼、耳、手、脑越来越退化的时候，就糟糕了。你要知道如何利用它们去学习音乐、吸收音乐、表达音乐。

从你自己身上去找寻创作。比如去旅行，比如平时走路、骑车，比如跟人聊天，甚至用不同的语言聊天。你可能不会讲法语，英语也说得不太流利，但在比手画脚之间，你与这个讲法语的人沟通了二十分钟，自然会有一些你意想不到的收获出现。

为什么这样讲？因为音乐是流动的，有时无法用言语描述，所以你在学到某些东西时，你可能并未察觉。从自己的身上去找这些音乐创作的方法、技术和沟通的方式，所以得走到最底层去，几乎是从土壤、从大自然里面去找寻音乐的材料。

所有最好的创作音乐的工具都在你身上。我们刚刚讲了所有的乐器的老祖宗——嘴，除此之外，我们还有一双手，这双手什么都可以做得到。医学上已经有很多证据显示，当你的双手越发达的时候，你患上阿尔兹海默症的可能性就越低。人类的文明是从大脑思考，再到用手写下来、造工具、做实验等很多事情累积而来的。当手在做事情的时候，你对事物的感知会更强烈。所以要多用双手去做各种各样的乐器的表达。耳朵也是做音乐最好的工具之一。音乐不是只能用耳机听到的，你还可以从空气里听到人的声音传过来。去倾听现实生活中的声音，不需要一对很贵的音响，只需要打开耳朵聆听。用自己的身体去感知所有包含音乐的信息，最后才可能将你的音乐表达出来。

接下来是最重要的：你的心。心要能够感动，所有的作品都是从心里面产生出来的。人类的音乐，没有了感情就什么都不是，它就是人类的感情的结晶。而我们用什么去感受感情、表达感情？那就是心。所以，在我们身上有最完备的制造音乐的工具，只是我们需要记得去好好使用它们。

最后还想强调的一点就是音乐是流动性的。多年以后，当我去回顾自己的歌曲，比如《童年》《恋曲1980》《爱的箴言》《恋曲1990》《未来的主人翁》《东方之珠》等等，我会从这首歌回想到创作时候的状态。有的歌怎么那么受欢迎？有的歌怎么会让自己不够满意？看自己作品的变化历程，也是在不断检视你人生的各个阶段。作品反映了作者本身的变化。在你学到某些东西的时候，可能是不自觉的，所以不要放弃每一个可能学到东西、听到东西和感到东西的片刻，等到能把它们集结起来变成你身上的一部分时，你就能成为一个终生成长的音乐人。

我希望有志进入音乐行业的同学可以有决心说，自从来到这个行业，音乐就是自己一辈子要从事的事情。一辈子不是三五年，不是十年、二十年，甚至可能不止二十或三十年。如果时间不够多，怎么能发现自己在音乐上的感动点呢？所以，花在音乐上的时间要够长。好的音乐作品是要花很多时间去灌溉的，更别说一些旷世绝作，更需要千锤百炼。如果大家愿意把一辈子的时间都投入到音乐当中，就更有可能成为一位好的音乐人。音乐与人一样，在时间里漂流，人从出生到死亡都在时间里面漂流。你对自己、对音乐有了足够的了解和感知，才能造就出感动别人的好的音乐、歌曲——你把人类的感情连接起来了。而你今天在学校中学到的所有，都会成为你创作的养料。

康辉：

我想在这堂课的最后，邀请罗大佑老师和我们一起，再次唱响心中那段永远的《光阴的故事》。光阴如流水，而我们希望音乐似光阴日夜不息，永远向前！

春天的花开秋天的风

以及冬天的落阳
忧郁的青春年少的我
曾经无知地这么想
风车在四季轮回的歌里
它天天地流转
风花雪月的诗句里
我在年年地成长
流水它带走光阴的故事
改变了一个人
就在那多愁善感
而初次等待的青春

点亮思想之光，嘉奖向学之心。《一堂好课》，我们下期再见。

美育课

主讲人　范迪安

现任中央美术学院院长、中国美术家协会主席，曾任中国美术馆馆长，策划了《水墨本色》《文明的回响》《新境界：中国当代艺术展》等众多享誉海内外的大型艺术展览

康辉：

今天《一堂好课》的课堂设在了北京理工大学。我非常喜欢北京理工的校训："德以明理，学以精工。"这八个字当中蕴含着一种追求，蕴含着一种美。追求的是什么？追求的是道与术的高度结合，可以怀远博见，从而达到一种人生至美的境界。美寄托着人类多少的理想和憧憬，今天的这堂课就是一堂美育课！

在今天开课之前，有一位北理工的同学问我："班主任专门到我们理工科学校讲一堂美育课，这是不是有点给理工科的学生补课的意思？"诺贝尔物理学奖获得者李政道先生讲过，科学和艺术是不可分割的，就像一枚硬币的两面，它们共同的基础是人类的创造力，追求的目标都是真理的普遍性。人类文明不断地发展，不就是由科学和艺术这两只翅膀共同托举起来的吗？所以今天的这堂美育课并不仅仅是面对理工科的同学们，更是面对所有人。其实我们都应该有这样的机会，去多听一听关于美的课程。

美究竟是什么呢？美在我们新时代的创新创造当中，到底会发挥怎样的作用呢？今天的这堂好课可以带我们找一找这些问题的答案。有请我们今天的两位课代表。

王菊：

歌手、演员，代表作《Work For Me》《哎呀姑妈》

大家好，我是王菊。刚出道的时候，我被很多人质疑过，说我的形象不能做一个艺人。所以今天我带着一个新的问题来到课堂：如果一个人对于美的感受已经被大家否定了，对他而言，继续追求美是否还有意义？

熊梓淇：

演员，代表作《画心师》《刺客列传》《浪花一朵朵》

班主任好，同学们好，我是今天的另一位课代表熊梓淇。我从小学习音乐，音乐学院毕业之后，又从事了演员和歌手这两个职业，所以我这一路走来，可以说与“美”这个字息息相关。因此，今天我特别想来拓展一下对于美的理解。

范迪安：

同学们，很高兴今天和大家在《一堂好课》里相遇。我来讲的是美育课。

新时代的美育发展之路

在教育里面，美育的教学目标和教学内容都十分特别。而今天，美育在我们的整个社会生活之中，显得愈发重要。我们每个人都有一种最日常的体验，那就是当睁开眼睛看这个世界时，你的感官就在提示你看到了什么，对所看到的事物有什么样的感受。而这种在感受中表现出来的，通常就是跟美有关的：美或者不美，美到什么程度……

今天的中国正在以日新月异的速度全面发展，我们每天都可以从各种新闻媒体上看到许多新的事物。建筑设计在更新，城乡面貌在变化，日常生活的细节在改变，对此，大家实际上都在做“是否具备美感”的判断。去年，在我们庆祝新中国七十华诞的前几天，中国的一个重大工程首次向世界亮相，那就是北京大兴国际机场。在这个国际机场落成之后，大家不仅能看到一座体量巨大的建筑，还能在通过机场走向世界，或者从外面的世界返家时，感受到它提供的崭新的空间之美。其实不仅在都市空间能够随时看到美，乡村里也不缺乏美。今天的人们对美也越来越有追求了。

今天，物质生活不断丰富，整个国家和民族走在“强起来”的征程上，人们越来越向往美，对美的要求也越来越高。对日常生活的街区、校园、街道，对我们能够走进去的任何空间，人们都会对空间的美化程度提出要求。美丽的景观和造型自然会吸引人们走入其中。

与此同时，我们也需要注意到，要产生对美的事物的感知与理解，必须更多地走近美的作品。这些年，博物馆和美术馆里面的观众越来越多。

大家在节假日的休闲时间里，不再仅仅沉浸于网络空间，开始走进博物馆、美术馆，在那里欣赏经典艺术与名家之作，也更愿意去欣赏创新的艺术作品。

今天这个时代正在追求美的创造，这要求我们在建设祖国家园的时候，不仅要把城市和乡村都建设成有完善的物质生活功能的空间，还要建设成有审美氛围的空间。国家提出要建设“美丽中国”，反映的正是新时代人们的向往：我们不仅要一个富足的中国、强盛的中国，还要一个美丽的中国。因此，提高民族的审美素质，增强民族的创新能力，美术教育不可或缺。

讲美育之路，也是讲教育发展之路。18 世纪，德国美学家席勒提出，要在各种现有学问的基础上，增加对情感、心灵健康的教育，特别是要增加一种提升美的鉴赏力的教育。中国在 20 世纪初摆脱封建统治之后，一大批思想家、文学家、艺术家都不约而同地发出了要加强美育的呼吁。譬如说，蔡元培指出，美育是运用美学之理论，以陶冶感情为目的的教育。他提出，文化运动不应忘了美育，美育应该成为文化建设和发展中的一部分。

为什么要有这么一堂美育课？在党的十八大之后，习近平总书记指出，要全面加强和改进学校美育，坚持以美育人、以文化人，提高学生审美和人文素养。习总书记给中央美术学院老教授的回信中特别强调：“美术教育是美育的重要组成部分，对塑造美好心灵具有重要作用。”“做好美育工作，要坚持立德树人，扎根时代生活，遵循美育特点，弘扬中华美育精神，让祖国青年一代身心都能够健康成长。”从习总书记对青少年身心健康成长的期望来看，美育在今天的教育中有了新的位置，这有助于实现德智体美劳全面发展的培养目标。

接下来，我将同大家谈谈对美的欣赏与感知。

一场美的巡礼

从欣赏和感知来看，音乐、舞蹈、戏剧等都是各种美的创造物。今天着重从美育这个角度，与大家来做一场美的巡礼，通过一些重要的作品、流派、思潮，来谈谈美的创造。

先谈谈美的形象塑造与文化理想。古往今来，优秀的美术作品都体现了艺术家所处的时代的精神，都体现了艺术家所追求的文化理想。艺术家在这里主要指美术家，他们不仅用形象来沟通，还在用形象的塑造来体现对某个主题的表达。形象塑造和文化理想是美术的两个重要组成部分。

1949 年开国大典时，许多艺术家运用各自擅长的艺术形式来记录这个伟大的时刻。油画家董希文所创作的《开国大典》，用绘画的形式，把历史定格在画面之中，再现了开国大典这一重要的历史时刻。在画中，毛泽东主席庄严地宣告中华人民共和国成立了，中国人民站起来了。天安门城楼上的开阔景象和天安门广场上的游行队列相互映照。色彩上，蓝天白云和城楼上的红柱子、红灯笼形成强烈对比，表现了明媚阳光下的开国大典。

面对这样的油画作品，我们会产生亲历历史的感受。这种感受既来自真实的历史，同时也来自作品的构图、色彩、人物造型和整个画面的意境。因为受到这样的美的语言的引导，观者才能进入画面中。因此，对美术作品的欣赏，既要看到它所表现的主题和思想，更要看到艺术的手法，那是一种美的引导，会将我们带入作品之中，让我们沉浸在美的感受之中。

天安门广场的人民英雄纪念碑上凿刻着栩栩如生的浮雕作品，表现了自鸦片战争以来，中华儿女奋起反抗、团结拼搏的精神。浮雕是用汉白玉雕刻成的。大家都知道汉白玉是纯粹的白色，不像油画和国画，还可以有多种色彩。那么在汉白玉的雕刻过程中，就要把握雕塑的语言，通过光影形成人物的立体感、行列的行进感等。雕塑之所以被称为“凝固的音乐”

《开国大典》临摹版本，董希文创作，靳尚谊等人临摹

或者“视觉的史诗”，就在于它在美的形式上有其独有的特征。

在当年全面抗日战争的紧要关头，著名画家徐悲鸿分别用中国画和油画的形式创作了《愚公移山》。他之所以要创作《愚公移山》，就是要表达自己对中国人民团结起来反抗外来侵略的期望之情，因此他笔下的人物都塑造得非常有力。同样，在詹建俊《狼牙山五壮士》这幅作品中，人物和山峰叠为一体，强化了狼牙山五壮士的英雄气概。作品不仅塑造具体的战士形象，更是通过美的形式来描绘和反映了悲壮的情景和崇高的精神。

什么是美？美首先要用具体的形式来反映某个主题，从而使得美术作品的画面、音乐的旋律和舞蹈的身姿等，能够和人们的心灵相契合，从而激发人们的感性认知。这种感性认知跟精神活动有关系，而不只是了解一段历史或知道一个故事。凡美术作品，最重要的意义就是记录一个时代，反映那个时代普遍的理想追求。

美术作品为时代留下印记，它们可以再现一段历史、一个时代。我们也有很多反映工农生产建设的美术作品。20 世纪 60 年代妇女参加生产劳动的场景，80 年代农村率先掀起改革热潮的场面，这些都在美术作品中通过一个个形象被记录了下来。当然艺术作品不仅仅是表现景观、场面，更要塑造人物。著名油画家靳尚谊画的《塔吉克新娘》，就是用肖像的方式来刻画人物：他不仅画出了她新娘的身份，还表现了她内心的含蓄的情感。

由此，这幅肖像画中的人物形象“活”了，我们似乎能够与之对话。所以在面对肖像作品时，从哲学的角度来说，我们就是在面对一种存在。所以，学会欣赏肖像作品，也是提高对美的认知能力的一个重要方面。

从历史的场景到现实的生活，从宏大的画面到人物的肖像，美术的表现范围是非常广阔的。除了人物画以外，一会儿我们还会讲到山水画、花鸟画；除了中国美术外，还要讲世界美术，特别是西方美术。对美的欣赏和认知来说，首要之务就是放开眼界，多去欣赏不同类型、不同风格的作品，我们就能够慢慢在视觉的感知中培养起一种能够欣赏那些极佳作品的能力，渐渐能够把握各种作品的风格，能够感知作品的品位。当然，每个人会有各自不同的审美标准。但就像“读万卷书，行万里路”一样，只有看到艺术历史上各种美的创造，才能提高我们的审美素养。

刚才我们对一些美术作品进行了非常快速的浏览，接下来我想就中国美术的历史跟大家进行交流。

中国美术与中华文明、中国文化一样源远流长。远古时代，我们的祖先就已经有了对美的向往。新石器时代的彩绘陶瓶上，就绘有许多图案。新石器时代晚期还出现了玉器，玉器就是一种精美的艺术品。进入文明时代，也就是青铜时代后，中国的艺术在全世界都拥有领先地位。从青铜时代的器物就能看出，我们的祖先有了形象的塑造能力。所以这些艺术的创造，不仅记录了我们源远流长的历史，同时也证明我们这个民族，从很早

《塔吉克新娘》，靳尚谊于1984年绘，中国美术馆藏

以前就有了对美的向往，就有了对美的形象的塑造能力。当年的丝绸之路，就得名于中国各种有着精美图案的丝绸。它们被带向中亚，到达西方。海上丝绸之路开拓之后，中国的瓷器又源源不断地传播到欧洲。所以丝绸之路的“丝绸”，看上去是一种物质材料，其实也是文化与美的载体。丝绸之路本身则是一条漫长的美的长廊。在中国的美术史上，不同时代均有闪耀着美的光彩的创作。像敦煌莫高窟那样巨大的壁画，更是把建筑、绘画、雕塑融为一体，营造了一种审美的情境。

绘画是一种最朴素的人类表达对外部世界感受的方式。不管在座的同学们学的是什么专业，都可以随时拿起笔来作画。不用考虑画得像不像，也不用考虑画得美不美。绘画动作使你的眼睛和外部世界、内在心灵连在一起，形成了世界到眼睛、眼睛到心灵、心灵到手的创造性的劳动。这种朴素的语言是最能记录人的情感的。笔迹学认为，通过笔迹能够判断人的性格，甚至判断这个人是在什么时候、什么样的心情下写出了这样的字体。那就说明，我们留下的痕迹，就是个人的性格与追求的最直接体现。

接着，我们来说说中国美术最重要的特征。大家都知道，中国的传统绘画都采用卷轴的形式，卷轴又分成横卷（或称长卷）和立轴两种。这种形式体现了中国画的哪些特点呢？

中国从魏晋南北朝开始就用长卷来表现人物故事，而立轴这种朝上发展的空间则更便于表现山水。卷轴的形式，其实体现了中国人的审美感受，或者说建立了一种审美观念。当面对自然时，是要融入自然中才能获得美感的，所以那时的画家们就试图表现出他们在游历山河时，不断感受到的与自然天人合一的体会。因此，中国画的长卷，一画就是千里江山，追求的不仅仅是画得逼真，更是要传达艺术家所感受到的极高妙的意境，与观者形成共鸣。

除了卷轴形式外，中国画还有另外一个重要特点：它是用毛笔在宣纸或绢帛上描绘的，所以以线造型就是中国画的另一个重要的特征。

美术的语言有很多种，一种是立体的、三维的造型，主要通过明暗手法来体现；另外一种就是用线条来造型。中国古代的画家已经具备了极高的美学素养，因而能够把看到的大千世界用线条表现出来。拿古代壁画来说，人们在墙壁上作画前，要先画出长卷，完全用白描的线条勾勒出人物行走的姿态，在上了颜色之后，就显得更加栩栩如生。

中国画的线条又同中国书法相结合。我们说中国书画同源，书法和绘画的历史一样悠久。从甲骨文到青铜铭文（又称作金文），中国人一直在使用象形文字。到了魏晋南北朝及隋唐时期，行书、草书发展成熟，书法更是成了一种直接表达感情与情绪的艺术语言。

新中国成立之后，我们的中国画得到了很大的发展。人民大会堂悬挂的《江山如此多娇》是大幅的山水画，给人非常宽广的视野，能唤起人们热爱祖国山河的情怀。现在，旅游已成为一种很重要的生活方式。年轻朋友们在行旅天下的时候，如果能用笔画出走过的地方、面对的自然美景以及自己的感受，不失为一种提高自己美术修养与美学修养的方式。即便是摄影，我们也要学会构图、抓色彩、找光影，才能更好地记录自己走进自然的瞬间。

中国画里还有一大类别叫作花鸟画。以水墨花鸟画来说，它有两个重要特征，其一就是具有象征性。自古以来，中国画家画花鸟都不是表现花鸟的具体种类，而更多的是抒发个人胸中的情感，以及表现某种品格。花鸟画通常是由梅兰竹菊、松柏、山石等元素构成的。另外一个特征就是其笔墨是有程式的，也就是说，中国的花鸟画对梅花、松树和竹子等等的描摹，都有一些特定的技巧，这也就使得中国画往往容易入门。很多年轻朋友说中国画很难，不知道怎么学习。学中国画，你先临摹一百张，就掌握了这些基本的描绘方法了。我们古代有《芥子园画谱》，里面集合了各种山石、梅兰竹菊等形象，可以当作学国画的入门书。不过真正创作花鸟画时，不只是要描绘形象，还要表达情感。就像郑板桥画竹，想要表现的是竹子的高风亮节和经得起风雨的品格。到了现代，我们有吴昌硕、齐白石等花鸟画大师。像齐白石，他最擅长用水墨来画虾，既画出虾的透明外形和动态感，更表达了日常生活的情趣。

齐白石是木匠出身的劳动人民画家，他一辈子追求的就是用最朴素同时又最高级的富有人文情怀的语言去表现许多生活中常见的事物。同样，徐悲鸿先生画的奔马，不仅表现了马的雄健，更表达了我们在20世纪上半叶遭受外来侵略时所需要激发起来的民族精神。所以，画如其人，画更传达时代精神。

现在，再简单讲讲西方美术。西方美术和中国美术相比起来，中国美术追求的是意境之美，而西方美术追求的就是求真之美。也就是说，他们在艺术中塑造的形象，与所看到的世界更相像。古希腊时期的雕塑都非常写实，他们注意人物身材的比例，身高一般等于七个头到七个半头的长度，塑造过程中会把人物身体的骨骼和肌肉都尽可能真实地表现出来……这些整体上都是为了求真。

到了15世纪的文艺复兴时期，用亚麻仁油调和颜料画在木板或亚麻布上的油画才真正问世。当年文艺复兴的巨匠，比如达·芬奇、拉斐尔、米开朗琪罗这些艺术家，他们在追求什么呢？他们始终在追求两样东西，其中之一是怎么使画面能够表现出他们所看到的有纵深感、有人物、有建筑和空间的世界。所以他们研究透视，研究解剖，研究色彩，把这些绘画的语言综合起来，在画布这个平面的空间里表现丰富的现实世界。所以可以说，西方的美术最主要的特征就是求真。

站在像《蒙娜丽莎》这样的名作面前，我们首先看到的是一个具有真实人物感的美的存在；接着，在这幅画表达明暗光影的笔触中，我们还感

齐白石绘水墨作品

受到了画中人物的神情和性格。由此，几百年来它能够吸引着来自全世界的目光。另一个大画家伦勃朗除了涉猎各种题材，最重要的是画了一辈子的自画像。他常年面对镜子表现自己，从年轻时代一直画到晚年。一个画家专门画自画像是为了什么呢？原来，他是把自己当作一个客体来观察与表现。十分善于用光的伦勃朗，把自己有磨难，也有荣光的人生经历用一幅幅自画像记录了下来。光就是一种造型的语言。不管在舞台上、课堂上，还是在大家生活的空间里，光往往是最能够营造情绪的。所以绘画和雕塑都特别注重用光来表现情境。

正是因为西方美术从古典主义时期到 19 世纪末都在求真的路上发展，所以诞生了许多大型画作。今天陈列在博物馆墙面上的大型画作起到了记载历史的作用。同学们要知道，在照相机发明之前，画家就是记载历史瞬间的伟大人物。凭借观察，他们记录了人物、场景与历史。西方也好，中国也罢，过去都在用画笔记录着时代。于是，许多画作就成了一个时代的象征。在风景的表现上，西方美术同样是通过写实、求真的方法来描绘朝雾暮雨，描绘各种天气里与光线下的自然的景象。当然，即便是求真之作，也同样要阐述主题、表达情感。所以有些看上去是写实的作品，比如《拾穗者》与《伏尔加河上的纤夫》，不仅表现了场景或一个阶层的人物，更体现了对社会底层劳动者的关怀、对普通生活的歌咏。当欣赏类似作品的时候，既要看到造型特点，也要像看一部电影、一部小说一样，留意到许多引人入胜的细节，由此去感受一个场景、一种生活、一个时代。

现代美术也需要稍做介绍。20 世纪以来，不论西方，还是中国，美术的发展越来越多样化了。有同学会问，我们该如何去形成有个性的美？如何去打造有个性的眼光？ 19 世纪的后半叶，在法国出现的印象派追求一种光与色彩的美，在绘画上更多地表现不断变化的光影。大家都知道，从早到晚，我们所看到的景象可能是大相径庭的。我们会为某种景象感动，会

油画《拾穗者》，法国画家让·弗朗索瓦·米勒于 1857 年创作

为某种特殊的形象感动，那是因为自然和人们的心灵之间往往通过光影和色彩形成一种联系。有很多绘画作品表现了自然的变化。到了画家梵高那里，他不仅仅表现了自然的变化，更表达了自己在星空之下的某种向往，以及对生命的赞叹等情感。

在现代美术中，美的表达和艺术家自身的情感追求形成了密切的联系。照相机发明之后，摄影术给绘画追求逼真的理想造成了很大的打击。于是艺术开始朝个性化的方向发展，所以现代美术有不同的观察角度，甚至能把梦境传达出来，形成超现实主义画派。现代美术除了具象的作品，也有抽象的作品。许多抽象作品就是由点线面、黑白灰、大中小等纯粹的艺术语言构成画面。抽象雕塑用材料和人们的生活空间建立联系，和人们所居住的城市建立联系，给人们带来全新的景象。而这种景象往往不是真实的，而是通过制造一面特殊的“镜子”，让我们在生活中获得新的感知。这些都是我们在美的欣赏中要特别注意的。

目前，同学们不一定有很多时间，不过但凡有机会，我还是特别希望大家都能走进博物馆和美术馆去面对原作，亲自与作品对话。同时，同学们也可以在图书馆的书本、杂志和画册里，在平时的生活和娱乐中，多了解美的不同形式。相信通过日渐积累，大家就会培养起一种对美的感受力。一旦有了这种感受力，当你再回到现实生活中去，对美的判断力就能够往前大大地跨出一步。

诗意栖居

接下来再和同学们讲一讲，我们该如何更好地发挥美的想象，去形成美的创造。绘画的过程就是人们想象的过程：在一张白纸面前，怎样通过线条、色彩来把你想象世界中一朵花、一棵树、一片天空，变成画面中的形象。这幅画和你看到的景象有关，但它又是一件独立的艺术品。其实不只是绘画，同学们来自不同专业，在各自的专业里学习、创造，也都需要想象。想象是人类文明不断发展的重要动力。对世界拥有好奇心，对未知具有探索的精神，对未来充满想象力，我们就能够真正进入创作的境界之中。

美的想象与美的创造涉及方方面面，现在先简要地和大家谈谈我们应该如何发挥想象力，如何体现文化情怀，如何创造美的物品。先来讲讲环境之美与诗意栖居。无论是学习、生活还是工作，我们每个人都在一个特定的空间里。校园有校园的建筑和环境，工厂有工厂的建筑和环境，人们居住的空间更是如此。德国哲学家海德格尔曾说过“人，诗意地栖居”，而在中国古代的诗文里，也能经常看到为生活起居营造出美好空间的愿望。我们需要更多地关注环境之美、建筑之美，还有公共空间的营造之美。当代的城市发展，尤其是建筑发展的过程中，需要特别警惕“千城一面”。大家看到的许多建筑往往似曾相识，去了一个新的城市却又感觉回到了原来的城市。为什么呢？就是因为那些街区、建筑和装饰都似曾相识。今天我们提倡在城市和乡村的规划上，要更多地追求文化的理想，要更多地体现审美的要素。中国现在的城乡建设一直处在较快的发展节奏中，要特别注意，我们的建筑应该建立在建筑美学的基础上，我们的城市应该建立在规划美学的基础上，这样才能使我们所处的空间充满诗意，让人们置身其中能够获得美感。

有很多建筑都是朝着高楼发展，摩天大楼已经组成了今天城市的天际线。但其实，中国年代悠久的传统建筑中并没有那么多的高楼。中国传统建筑中的“高层建筑”就是城门、城楼，以及佛教、道教等宗教建筑的塔观。大量的传统建筑其实是和自然贴近的。中国传统建筑中的接近自然、追求人与自然和谐相处的理念尤其需要变成今天的建筑语言。

中国美术学院教授王澍先生就专门研究乡土建筑。他把具有中国古典艺术之美、乡村朴素自然之美的建筑形态，转化成当代建筑的语言，并用它建造了今天的公共建筑。

王澍先生的建筑就跟山水画一样，不仅可游，可居，还可观，可赏。这样的建筑能带给我们亲近自然的感受。中国古典建筑里面还有许多元素，比如山墙、照壁和屋顶等的建筑方法，都和中国的山水画有着相通之处。将乡村建筑转变成具有园林风格的当代建筑，体现了两个追求：一方面是希望回归到古典、朴素的生活空间中去，让心灵能够在建筑材料所构筑的空间里得到一份宁静；另一方面，是希望建筑在美学上具有中国文化特征，不是按照传统模式使用西方建筑的钢筋、水泥、玻璃幕墙。当然，西方的

富春山馆，王澍设计

建筑材料因具备现代建筑所需的性能，比如坚固、采光良好等，仍需使用。如何在建筑设计上体现中国美学的风格，这是一个新课题。

同样，中央美术学院的教授朱锫先生也非常提倡自然建筑，他认为要从自然的形态中提取建筑的元素。因此，他的建筑常常在材料的使用与建筑的形态上回归自然。

可以列举的中国当代建筑师还有很多。而在建筑的营造上，我们还需要更多地把中国优秀传统文化中的精神、传统艺术中的美学继承下来，进行创造性的转变和创新性的发展，从而为整个社会提供“诗意的栖居之所”。

今天我们讨论了如何营造美好的环境和空间，实际上，中国许多的乡村也有着丰富的文化遗产。中国地大物博，不同地区不同民族的建筑，都有着鲜明的特征。若是到国外去旅行，走进一个很有艺术气氛的小镇，其实你感受到的是那个小镇保留的文化遗产，是那个小镇所拥有的传统文化的气息。现在，不仅都市的建筑空间要增加更多的艺术氛围，乡村建设也应提高美化程度。

在建设美丽中国的宏大目标中，首先要做好美丽乡村的建设。建设美丽乡村，首先要有物质层面的目标，要思考如何促进农村经济的发展，使我们的农民富裕起来。与此同时，我们也要给乡村带去更多美的作品。这些年来，我所在的中央美术学院壁画系的老师和同学们在坚持做“美绘乡村”的活动，即利用农村墙壁来进行绘画。他们没有去描绘城市居民欣赏的题材，而是和农民朋友们一起商量，倾听他们对美好生活的向往和对美的需求，把他们的故事、村子的故事变成可视的画面。

我觉得这样的活动有着非常广阔的空间和重要的意义，乡村很需要用美的作品来装点。至于都市，我们有很多公共空间可以美化，比如开头提到的大兴国际机场。它作为“国门”，是一个向世界展现中国建造水平的重要工程，整个机场的建筑设计及内部空间的美化至关重要。一大批艺术家参与其中，为机场的空间带来了更多的人文内涵和艺术美感。这个机场甚至有望变成一个最繁忙的美术馆。在机场的许多开放空间里，艺术家们做了一些具有创意的设计，比如把山川的形象融入机场，把中国古典园林的景观植入机场，把中国文学的一种当代表达放进空间。

中国有许多文化遗产，如何将中国博大精深的文化，变成我们生活空间中可见可触的景象，就是今天艺术创作亟须解决的问题。

与此同时，我想更多地强调一下设计之美，因为它与我们的生活关系更加密切。设计之美中，蕴含着生活美学。我们最怕的是“千城一面”或者“万村一面”，我们也害怕生活的环境里都是单调的色彩与形式。大到一套家具，小到一个书架，其实都可以蕴含某种意境。至于一些日常用品，现代人并不特别在乎材质的贵贱，而是更注重功能和造型的结合。

同样，手工之美也是需要强调的，经双手创造的成果最能体现品格、趣味。哪怕是用几支彩色铅笔，也可以通过精微素描的手法画出神奇美妙的画面。这种绘画风格关键在于极度专注地观察眼前的对象，并描绘得丝丝入扣，由此画出的形象非常逼真，甚至超越了摄影所能达到的程度。

现在，每个家庭都让孩子从小学习音乐、美术、舞蹈，等等。把孩子送到绘画班去，是为了培养他们的想象力和表现力。今天我们谈美育的时候，不仅仅要讲美育的道理，也要开拓一些打开美育的途径，使我们的美育课不是枯燥的知识传播，而是能够在欣赏和创造中滋养心灵。

互联网时代的到来，为我们打开了更大的视觉体验空间。比如现在的虚拟现实技术（VR）和增强现实技术（AR）被渐渐应用到动漫、电影等注重视觉体验的影像作品中。数字时代为艺术的创造打开了一个新的窗口，比如现在可以通过数字技术将博物馆里的文物进行“再表达”。参观博物馆和美术馆时，大家会想多拍点照片，希望把展品“带回家”；现在，我们多了一种“带回家”的方法，那就是通过新的数字技术手段对艺术品进行实时呈现。

今天，年轻的朋友们特别喜欢动漫作品，因为动漫作品本身和我们的生活、情感、经历密切相关。但是，我们也需要注意，动漫作品应该更多地提倡中国的风格。很长时间以来，我们在动漫艺术上接受国外的东西比较多，欧美、日韩风格的绘本和动画片对我们影响极大。但现在，我们需要更多地从中国自己的传统文化中寻找题材来创作。生活中有许多时刻与片段都能够成为创作的素材，数字技术手段也能帮助人们更自由地进行艺术创造。

总而言之，我们今天的美育课主要谈了两个方面，一是美的认识、感知和欣赏，二是美的创造和想象力培养之间的关系。希望同学们能够在学习和生活中真正放飞心灵，通过自己的实践、创作，学会对美的欣赏，达到“美美与共”的境界。

一堂课远远谈不尽美，一堂课也不可能解决关于美的所有问题，但这堂美育课让我与同学们有了一次会心的交流，也促使我思考，作为一个美的领域里的教育工作者，应该如何更好地通过美学教育让学生朋友们更多地了解美的创造，投身美的创造。我也由衷祝愿同学们能够在学习奋斗的征程中增加对美的向往，放飞美的心灵。

康辉：

感谢范迪安院长带来的一堂好课。最后还想和大家分享一句话。美学大师朱光潜先生说过："世间并没有天生自在、俯拾即是的美，凡是美都要经过心灵的创造。"那就让我们每一个人都拥有一颗向美之心，共同创造美好的人生、美好的时代。

点亮思想之光，嘉奖向学之心。《一堂好课》，我们下期再见！

体育课

主讲人　申雪、赵宏博、王濛

申雪，中国花样滑冰协会主席

赵宏博，花样滑冰国家集训队总教练。2010 年加拿大温哥华冬奥会，与申雪荣获花样滑冰双人滑冠军，实现了中国该项目在冬奥会金牌零的突破

王濛，中国速度滑冰、短道速滑国家队教练组组长，曾荣获第 20 届、第 21 届冬奥会共四枚金牌，是中国在冬奥会摘金最多的纪录保持者

康辉：

各位同学好。今天我们把《一堂好课》的课堂设在了位于北京首钢园的国家冬季运动训练中心。这里也是中国国家冰雪运动员平时训练的基地，我们将在这里给大家上一堂别开生面的体育课！ 2022 年北京将联合河北张家口共同举办第二十四届冬季奥林匹克运动会。在奥林匹克的百年历史上还从未有一座城市，同时举办过夏季和冬季奥运会。北京是第一个，这是北京的骄傲，也是中国的骄傲。北京冬奥会不仅仅要在冰雪竞技上取得新的突破，还有非常重要的一点，就是要让冰雪运动的全民推广普及向前迈进一大步。

所以今天的这堂课要给更多的朋友介绍冰雪运动，让我们更多地了解冬奥会的历史，了解北京冬奥会，了解中国冰雪健儿不断拼搏奋斗的历程，了解这背后蕴含的体育精神。让我们先来一起认识一下，今天这堂体育课的课代表许魏洲！

许魏洲：

演员、歌手，国家冰雪运动推广大使

同学们好，我是体育课的课代表许魏洲。除了演员、歌手的身份，我同时也是中国冰雪运动的推广大使，非常有幸能来参加《一堂好课》。

康辉：

今天的体育课分为上半场和下半场，让我们先一起欢迎上半场的两位主讲老师，在赛场上他俩配合默契，在讲台上也是同样。欢迎曾经的中国花样滑冰双人滑组合，体坛伉俪申雪、赵宏博两位老师。

冬奥会的历史及中国冰雪运动的发展

申雪：各位同学，大家好，很高兴来到《一堂好课》为大家讲述冬奥会的起源。冬季奥林匹克运动会简称冬奥会，是世界综合性的奥林匹克运动会。冰雪运动起源于气候条件得天独厚的北欧地区，是从当地居民的生产和生活中逐渐演变来的。19 世纪随着国际体育运动的兴起，冰雪运动也获得了较大的发展，并在欧洲和北美一些国家迅速普及，一些运动组织在荷兰、挪威、俄罗斯、法国、奥地利等国家纷纷建立了起来，包括滑冰、滑雪、驾驶雪车等项目。与此同时，一些国际性的冰雪比赛也越来越多。相应地，就有更多的城市和地区来举办这些比赛。1908 年冬奥会作为奥林匹克项目的一部分，在伦敦奥运会首次亮相，花样滑冰的男子单人滑和女子单人滑被列入了比赛的项目。1920 年的安特卫普奥运会上，花样滑冰和冰球也被列入比赛项目。这些冬季项目的比赛比 4 月份举行的其他奥运会比赛项目提前了四个月举行。第一届独立的冬奥会于 1924 年在法国的夏蒙尼举行，自此开始，直到 2018 年的平昌冬奥会，一共举办了 23 届冬季奥运会。2022 年我们的北京冬奥会就是第 24 届。

申雪：2022 年第 24 届冬季奥运会将由我国首都北京和河北省的张家口市联合举办，北京主要承担冰上项目的比赛，张家口就承担了绝大多数的雪上项目比赛。

赵宏博：2022 年北京冬奥会和冬残奥会的主办城市为北京和张家口，共有三个赛区，分别位于北京的市区、延庆区和张家口的崇礼区。北京是

1908 年，伦敦奥运会开幕，各国运动员的入场仪式。这是冬奥会比赛项目首次亮相

一座独具特色的奥运城市，2008 年北京成功举办了第 29 届夏季奥林匹克运动会，时任国际奥委会主席萨马兰奇先生曾称赞，这是所有奥运会中最好的一届，在未来应该很少有其他城市可以做到这种程度。这不光是他个人的看法，同时也是绝大部分媒体和国际奥委会官员们的看法。北京奥运会为北京这座古老的都城留下了丰富的奥运遗产。

例如以北京办奥的理念——绿色奥运、科技奥运、人文奥运为代表的奥运精神遗产，被誉为北京模式的奥林匹克教育遗产，以北京奥林匹克公园为代表的场馆遗产等等，这些都赋予了北京这座城市的文化以特殊的奥运内涵。

申雪：是的。

赵宏博：2022 年第 24 届冬季奥运会也将在北京举行，北京将成为世界上独一无二的双奥城市，全球的眼光又将集聚在北京这座古老而又现代的国际大都市，我们翘首以待祖国的首都北京能为奥林匹克运动再交上一份让世界满意的答卷。北京加油！

申雪：其实 2012 年国际奥委会就向世界发布了 2022 年冬季奥运会的邀请。

赵宏博：2013 年 11 月 3 日，中国奥委会正式致函国际奥委会，提名北京为 2022 年冬季奥运会的申办城市。

申雪：2013 年 11 月 14 日，国际奥委会正式公布了 6 个申办城市名单：中国北京、哈萨克斯坦阿拉木图、瑞典斯德哥尔摩、波兰克拉科夫，还有乌克兰的利沃夫和挪威的奥斯陆。

赵宏博：2015 年 7 月 30 日，国际奥委会第 128 次全体会议在吉隆坡开幕，最终北京以 44 比 40 的微弱优势战胜了阿拉木图，获得了 2022 年第 24 届冬奥会和冬残奥会的主办权。此次成功申办也是我国国际话语权日益提升的体现！

申雪：我国运动员在最近的几届冬奥会上都给国人留下了难忘的印象，这是我们运动员奋力拼搏和综合国力提升的结果，也反映出中国大众冰雪运动普及程度的提高。但在成绩的背后也存在着不足。比如我们在运动项目上冰强雪弱，在运动成绩上女强男弱。

赵宏博：中国的冬奥会奖牌历史上，一共获得了 13 枚奥运会金牌。其中男运动员获得了 2.5 枚金牌。

申雪：我想大家一定好奇，怎么会有半枚奖牌呢？

赵宏博：这是因为当年我和申雪共同拿到了一枚金牌，所以只能算一半。

申雪：对，另外两枚金牌是由我们的武大靖在 2018 年平昌冬奥会和韩晓鹏在 2006 年都灵冬奥会夺得的。

赵宏博：总体上来看，我国竞技性冰雪运动的底子还很薄，只在适合我国具体国情的项目上拥有夺金的希望。

申雪：在 2022 年的北京冬奥会上，像短道速滑、花样滑冰，还有滑雪空中技巧等比赛项目依然是我国的传统强项，这些项目具有了冲金的实力。此外，单板滑雪 U 型场地等项目也有一定的夺金亮点，值得我们大家共同期待。

赵宏博：北京冬奥会比赛项目分为运动大项、运动分项和运动小项三大类，共设 7 个运动大项、15 个运动分项、109 个运动小项。2022 年，北京冬奥会比赛项目在韩国平昌冬奥会的基础上又新增了 7 个比赛小项，届时总共将产生 109 枚金牌。

赵宏博：同学们，下面由我来介绍一下中国参赛冬奥会的历史和其中的里程碑时刻。我从第 13 届冬奥会开始讲起，这是中国第一次出席冬季奥运会。

1980 年第 13 届冬奥会在美国的普莱西德湖举行。这是中国奥委会在

主讲人申雪、赵宏博现场授课

1979年恢复国际奥委会合法席位后首次出席冬季奥运会，共派出了28名男女运动员参加了滑冰、滑雪、现代冬季两项的18个单项比赛。我国首次参赛的选手与世界先进水平有较大的差距，无一人进入前6名。

申雪：第15届冬奥会，李琰在表演项目中夺金。1988年加拿大的卡尔加里第15届冬季奥运会，中国仅派出了一行20人的代表团，参加了速滑、花样滑冰、越野滑雪三项比赛的竞争。当时李琰是在短道速滑表演项目中，获得了女子1000米的金牌和500米、1500米的铜牌。

赵宏博：第16届冬奥会，中国实现了冬奥会（正式比赛项目）奖牌零的突破。1992年在法国阿尔贝维尔第16届冬奥会——最后一次与夏季奥运会在同一年举行的冬季奥运会——的赛场上，中国选手获得3枚银牌，排在奖牌榜的第15位。自1980年首次参加冬奥会以来，中国经过12年的努力，终于在这届运动会上实现了奖牌零的突破。当时参加比赛的队员有34人，分别参加了滑雪、滑冰、冬季两项等34个小项的比赛，共获得了3枚银牌。其中中国选手叶乔波在比赛中带伤上阵，顽强拼搏，夺得500米和1000米两项速滑的银牌，她挂着冰刀去，坐着轮椅凯旋，成为当年的一个体坛神话。

申雪：第19届冬奥会上，中国获得了首枚金牌。我记得那一次是在美国的盐湖城举行，共设有78项比赛。我还记得当时大杨扬在冲过终点的一刹那，我们所有的人都非常非常激动。我那时候作为一名运动员参加了那届冬奥会，但也是通过电视看到她夺冠的那一刻。我们在场所有的运动员都流下了激动的眼泪，然后对着电视机不停地呐喊，为她加油。

赵宏博：我记得在那届奥运会上，我和申雪尝试性地在自由滑比赛中用了一次四周跳，但是很可惜在比赛当中出现了失误，最终只获得了1枚铜牌，这是我对盐湖城的一点点遗憾。但其实我们能够在2010年夺得那枚宝贵的冬奥会双人滑金牌，我觉得和若干年前参加冬奥会的那些失败历练是分不开的。有了那一次的挫折经历，才让我们更加坚强。在退役两年的情况下，我们重新回到了训练场，又重返赛场，最终为中国夺得了2010年第21届冬奥会双人滑的金牌。随后，在短道速滑项目中，队友王濛更成就了个人单届奥运会三金的壮举。在这一届温哥华冬季奥运会上，中国队发挥出色，一共收获了5金2银4铜，总计11枚奖牌。

申雪：对，我记得那一届冬奥会是中国自参赛以来成绩最好的一届。当时，我跟赵老师率先面对冲金点，而这个冲金点的突破，鼓舞了中国队所有队员的士气，加上运动员那种拼搏的、为祖国争光的精神始终激励着大家，我们的选手王濛不仅在500米、1000米和接力三项的比赛中都拿到了金牌，还打破了世界纪录，成为我国首位单届冬奥会获得3枚金牌的选手。所以那次的经历让整个中国代表团特别地开心。

赵宏博：我记得2010年那一届温哥华冬奥会上，中国女子短道速滑队包揽了冬奥会短道速滑赛四个项目的所有金牌，这是一个辉煌的成绩，非常辉煌的成绩！

申雪：为中国女子短道队感到骄傲和自豪。

赵宏博：2014年第22届索契冬奥会上，中国代表团共获得了3金4银2铜的成绩。其中在大道速滑的项目中，速度滑冰选手张虹最终夺金，帮助中国队粉碎了34年未能夺冠的魔咒，这枚金牌可谓来之不易又意义重大。

申雪：我还记得那次她去比赛的时候，听到了很多背后的故事。那时候她的教练每次比赛的时候都会掐着秒表，包括在训练的时候，看着张虹的成绩，觉得她非常有希望获得金牌。但我听说，只有她本人不知道。

赵宏博：她比赛完之后，后面出场的运动员的成绩在向她的成绩一次次地发起挑战。

申雪：对，因为越是滑得好的选手，出场的顺序就越靠后，所以张虹那时候出场还比较早。但是当她滑完占据了领先的名次之后，后面再出场的选手成绩都没有能超过她的。当最后的几位滑冰运动员出场的时候，我们整个队紧张极了，每次成绩一出来，看到没有超过我们的，大家就会更加努力地相互打气和加油。

赵宏博：2018 年第 23 届平昌冬奥会是中国代表队历届参赛项目最多的一次，其中短道速滑男子 500 米的比赛上，武大靖获得了金牌。

申雪：当时我看武大靖比赛感到非常震撼，仿佛跟他同场竞技的选手，只要让他第一个冲出去，就再不能追得上。结果他一直遥遥领先，占据了主导比赛的位置，最后也拿到了冠军。

赵宏博：这是非常不容易的一枚宝贵金牌。作为下届冬奥会举办城市——北京，在平昌冬奥会闭幕式上迎来了奥林匹克五环旗，同时通过八分钟的现场演出，向世界展现了中国古老文化和现代科技的完美结合。中国国家主席习近平通过视频向世界发出邀请：2022 年，相见在北京！

通过回顾冬奥会的历史，相信大家都了解了我们国家在历届冬季奥运会上努力拼搏、不断求进的奋斗历程。对于 2022 年北京冬奥会，我现在感到无比期待，也希望上面这段讲述，能让大家了解冬奥、走进冬奥。我们的这段分享就到这里，谢谢大家。

康辉：

谢谢申雪、赵宏博两位老师给我们带来的上半场好课。我觉得你们讲台上的配合也特别完美，希望更多的同学会通过你们的课，有兴趣去多了解中国冰雪健儿在冬奥会上的这些历史，去感受一下那样的一种体育精神。

接下来下半课时的主讲人，前面已经几次提到她的名字了。

她似乎总是和胜利联系在一起，她是在冬奥会历史上摘金最多的中国冰雪运动员，曾经与队友共同创造了中国短道速滑历史的辉煌时代。现在让我们请出下半场课的主讲人——中国速度滑冰和短道速滑国家队教练组组长王濛。

冬奥会的中国时刻

王濛：大家好，今天我想讲的是冬奥会中国时刻的故事。作为中国速度滑冰和短道速滑的培训管理者，我觉得不应该只讲我自己的个人故事，而应该讲这两个项目的中国时刻。第一个我想给大家讲的故事是什么？永远的游戏是颁奖仪式。大家可能了解速滑项目的时候，第一个想到的是我，我的名字，但这个殊荣其实该给其他人。中国速度滑冰有一个老前辈叫孙显墀，他是速度滑冰国家队的第一任主教练。他当教练的时候年龄是 28 岁，比我现在还要年轻，他把自己的一生都奉献给了速度滑冰这个项目。孙显墀老前辈现在和他的孙子们经常玩一个游戏，就叫颁奖仪式。在做游戏的时候，他会让孩子们在家里登上领奖台、升国旗、奏国歌。我讲这个故事的原因是什么呢？是想告诉大家这些老一辈的，为速滑贡献一生的老前辈们，他们一直不忘初心，在培养着一代又一代的运动员们，甚至连自己的家人都在做这样的游戏。我们的速滑运动员，他们的初心永远都是站在世界最高的领奖台上，面对升起国旗、奏响国歌的时刻。

第二个我想给大家讲的故事是：相隔五十七年的冠军。前段时间，宁忠岩在国际滑联速度滑冰世界杯当中，拿到了 1500 米男子组的这枚金牌。大家可能想，为什么会讲到五十七年前的事？因为他拿 1500 米金牌的时候，我们已经有五十六年十个月在世界比赛的 1500 米男子项目当中没能得到金牌。在五十七年前，我们国家的罗致焕老师曾拿到这个项目1500米的世界冠军。中国当时有30个世界冠军，其中29个来自乒乓球项目。所以说，宁忠岩的1500米男子冠军是中国在时隔五十六年十个月后，再一次登上了这个项目的世界最高领奖台。

第三个我想给大家讲的是什么？是男子10000米世界纪录的故事。从2019年4月9日冬奥会国家队组建，我们大道（速度滑冰）队一直在做一件事情，就是遵照着总局和中心领导的要求，“狠抓体能、狠抓管理、狠抓国际化团队的建设”。很长时间以来，大家都在说，中国大道比赛只能在短距离项目上找突破，或者只能在女子项目上突破。可是，中国男子运动员曾经打破过10000米速度滑冰的世界纪录。1962年，王金玉就在10000米比赛当中打破了男子的世界纪录，而且迄今为止，他获得的世锦赛全能第五名也是中国队男子长距离速度滑冰项目最好的名次。所以我跟我们的运动员说：“你们要有雄心壮志，我们的老前辈六十年前就能创造10000米的世界纪录，你们难道做不到吗？”

第四个故事，就是叶乔波带伤夺铜牌的故事。1992年的时候，大家都知道乔波姐为我们的冬奥会项目实现了奖牌零的历史性突破，拿了500米和1000米的两枚银牌。但是大家可能不知道，在1994年第17届冬奥会之前，乔波姐做了场手术，然后参加500米速滑的时候，只拿到了十几名，相比上一届银牌的成绩，大家都觉得成绩不是很好。但是在最后的1000米比赛当中，在带伤上阵的情况下，她还是拼得了一枚铜牌。我给大家讲这个是什么意思呢？竞技体育有的时候并不是只有金牌才是最重要的。对当时那届冬奥会来说，乔波姐带伤拼到最后获得的一块铜牌，实际上对我们整个体育界都是一种强烈的震撼，值得我们每一个人去学习。

给大家讲的第五个故事是关于速度滑冰“趿拉板”的。在这想给大家先解释一下，所谓“趿拉板”是速滑冰刀的一种创新，或者说它是一种新研发的运动器材，它与冰鞋是分体式的，只有前点与冰鞋固定连接，而后跟部分则处于分离状态。它从何时开始使用的呢？事实上，1998 年之前就已经开始了。中国运动队在这方面有过很大的教训。1998 年之前，当时的速滑运动员薛瑞红拿到过很多次世界冠军，她夺冠的呼声也很高，在 1998 年长野冬奥会当中，有希望实现历史性的突破。但是由于我们没有采用全新的器材，导致到了最后，我们女子 500 米的成绩只有十多名。从这个故事中，大家获得了什么？那就是竞技体育不单单在于解放思想，也不单单在于训练，而是在科技、在各个方面都需要我们去创新，都需要跟上新的时代，甚至是去超越这个时代。所以说如果我们跟不上，就没有办法去突破，最后就会落后，而落后就会挨打。

那么第六个故事就讲到了短道项目，就是杨扬为我国实现金牌零的突破。大家也许知道，大杨扬姐在 2002 年为中国取得了 500 米和 1000 米的 2 枚冬奥会金牌，也为中国在冬奥会实现了金牌零的突破。但大家可能不知

滑冰比赛现场

道的是，在 50C 米和 1000 米之前，1500 米就举行了比赛，而大杨扬姐在冬奥会之前，已经是该项目两届世界锦标赛的第一名了，最有力的竞争对手是韩国队队员。外界普遍认为，这项比赛的冠军将是中韩之争，但韩国运动员在真实实力上没有任何一个人能胜过大杨扬姐。在 2002 年盐湖城冬奥会的 1500 米速滑项目中，有两位中国运动员进入决赛，分别是大杨扬和小杨阳，她俩被誉为该项目配合最好的运动员。令人遗憾的是，虽然她们两个进入了决赛，但别说金牌，连块银牌、铜牌都没有拿到。那个时候整个短道速滑队，包括整个中国代表团的氛围都非常低沉，我们在最强势的项目当中没能获得金牌。随后所有人都聚在一起，相互批评、鼓励、鞭策，共同解放了思想，为大杨扬姐卸下了这个“包袱”，她最后取得了 500 米和 1000 米速滑比赛的 2 枚金牌，也为中国实现了金牌零的突破。通过这个故事，我想讲的又是什么呢？我们要培养的不是一个、两个、三个能在奥运会站上领奖台的运动员，而是要培养一支强大的团队。

第七个故事是我和我们的故事。我在当运动员的时候，获得过 4 枚奥运会金牌，21 枚世界锦标赛的金牌，90 多枚世界杯的金牌，当然这些数字都是别人帮我统计的，不是我自己。我对于数字不是很在意，因为在我还是运动员的时候，每一场比赛都会有机会去打破这个纪录，所以并没有刻意地想去打破它，只要每一次都滑到自己速度的极限就行。我觉得数字都代表了过去发生的事情，都是故事，而数字可能会不断被超越。但是对于我来说，最看重的是我和我们的故事，即和我的队友们的故事。我们曾经一起拿过冬奥会的冠军，也曾一起拿过世界杯的冠军，当然还有大家在一起并没有取得这些成绩的时光。我和我的队友们一起成长，一起奋斗，一起为国争光，我觉得这才是人生中最宝贵的财富。现在，当年获得过冬奥会金牌的四个队友都在国家队里不同的岗位上：我是速度滑冰和短道速滑教练组的组长，负责两个项目整个的统筹管理。孙琳琳是短道速滑队的领队，负责帮我去落实管理的工作。张会是短道速滑队教练组的副组长，主要负责短道的训练和其他相关工作，也是中国女队的责任教练。2019 年，女子短道速滑的成绩大家也看到了，又回到了世界强队的水平，这里面张会教练做了很多的工作。最后一个就是周洋，她现在跨界到了大道（速度滑冰），而且近期的成绩也非常好，我相信她一定会在北京冬奥会的赛场上继续站上领奖台。

第八个我想给大家讲的是跨界跨项的故事。我们整个团队都是从去年跨界跨项来到短道速滑这个项目的，本身的专业是速度滑冰。虽然现在很多运动员既参加短道比赛，又参加大道比赛，但似乎被看到的机会反而越来越少了，这是赛程冲突造成的。我想说的是，跨界跨项会使运动员变得更加强大。目前已经有不少成功跨界跨项的案例，有运动员同时在冬奥会大道、短道两个项目上都取得过奖牌。所以我觉得在运动场上没有什么是

主讲人王濛在现场向观众和班主任讲述奥运健儿拼搏的故事

发生不了的，要大胆地尝试，尝试跨界，就像周洋一样。刚才我和康辉班主任也说了，现在冬奥会国家队整个的一线主力就是短道速滑的一线主力运动员，包括速度滑冰的，其中很多运动员都是来自去年跨界跨项的，而且不少已经跻身到了世界前列。所以我觉得，去年的跨界跨项让我们很多人都成长了，从原来熟悉的那个地方走了出来，也从中取得了很宝贵的经验。我觉得作为年轻运动员，要敢于去尝试新的事物，敢于去干，敢于担当，勇敢地向前走。今年（2019 年）4 月 9 号在重新组建国家队的时候，我说了六个字："担当、学习、奋斗。"其实这句话，既是我对领导和业内人士的一种承诺，同时也是对自己的一种要求。

第九个给大家讲的故事，就是国际化团队的故事。很多人都在问："王濛为什么请了这么多的国际教练？"现在宁忠岩的主管教练是加拿大的凯文。凯文自己当运动员的时候，曾经在 1998 年冬奥会中得过 500 米速滑的铜牌，退役后开始当职业教练。他教过王北星，王北星之前是我们中国速滑队的女运动员。在他带王北星的时候，王北星拿过世界比赛的冠军，也得到过奥运会的铜牌。后来凯文被韩国队聘走了，我们当时并没有留住他。凯文负责训练韩国的李相花，还有一个男运动员。在 2010 年至 2018 年的三届冬奥会中，凯文执教的韩国队在速度滑冰这个项目中共获得了 3 枚冬奥会金牌。现在凯文又被我们聘请了回来。还有现在短道速滑队的教练金善台，他曾经带过中国队的周洋、梁文豪，并取得了世界冠军的好成绩，后来他也被韩国队聘请了回去。在 2C18 年的韩国平昌冬奥会上，他带领韩国队取得了短道速滑项目的 3 枚奥运会金牌。所以我想说的是，中国队现在有很多好的国际化的教练，无论是运动员，还是本土的教练，都可以学习到很多东西。在这个团队当中，不单单只有凯文、金善台，还有来自挪威的、荷兰的、美国的，等等。我们聘请了这么多不同国家的顶级教练，为什么？就是为了学习不同国家的文化，学习别人的长处来提高我们自己。只有把自己提高到了一定水平，我们整个国际化团队的教练才可以发挥出更大的优势。现在整个国家队中，大家相处得非常融洽，中方教练和外方教练的培训工作也做得非常好，他们每个人都在相互学习，学习不同的文化。

最后一个想跟大家分享的故事，也是我经常跟自己、跟全队说的：道路正确了就不怕遥远。作为教练和管理者，其实我还是一个新人。短道大队组建半年以来，我感触最多的就是，自己所承担、面临的是领导对我们的信任，是各行各业人士对我们的期望，所以我觉得自己需要提高、学习的地方太多太多了，但是我始终坚信一点——只要路对了就不怕远。短道大队正走在一条非常正确的道路上，只要这条路是正确的，我们不怕这段时间漫长，我们也有时间去做这件事情。那么大道（速度滑冰）的进步，可能现在很多人都看到了，因为它是用时间来计算最后成绩的，是一个人在一条跑道上拼搏。可是大家还没有看到中国队短道的进步，其实它的进步更明显，在已经结束的短道速滑世界杯四站比赛中，中国短道速滑队取得了 9 个冬奥会正式比赛项目中的 7 项冠军，另外 2 个项目也都表现不俗，拿了银牌和铜牌。由此证明，我们的路是正确的，中国冰雪队伍的竞技水平都在提高。所以我觉得我们离北京冬奥会的时间，不是大家所说的还有两年半甚至两年，又或者说两个赛季，而是还有很多个半年。走在一条正确的路上，我们肯定不怕远。在短道速滑世界杯的四站比赛中，短道大队取得了 7 个项目的金牌，这意味着什么？竞技体育，就是靠一场一场的胜利拼出来的！在实现梦想的道路上，我们愿意做这样的奋斗者。我的课到这就结束了，谢谢各位同学。

康辉：

谢谢王濛老师给大家带来的好课。在这半堂课时中，王濛给我们介绍了一些中国时刻的故事，我想这些中国时刻不仅仅是这些运动员的，它同样是更多人的、更多朋友共同的中国时刻。

再次谢谢今天这堂课的所有主讲人，谢谢课代表许魏洲，谢谢所有的同学。这堂体育课仿佛让我们听到了一首冰与火的赞歌，在这首歌里我们听到了青春，听到了奋斗，听到了拼搏，更听到了坚守。借用毛泽东主席的诗词，如果说冰雪运动是“山舞银蛇，原驰蜡象”，那么所有的运动员，他们的精神就只有一个——“欲与天公试比高”。

没有一个梦想的实现是轻轻松松的，唯有奋斗方得始终，让我们一起加油。点亮思想之光，嘉奖向学之心！一堂好课，下期再见。

外交课

主讲人　**张维为**

政治学者、作家，复旦大学中国研究院院长。曾任职于中国外交部，担任邓小平等中国领导人的高级翻译。已出版《中国震撼》《中国触动》《中国超越》等

康辉：

今天《一堂好课》的课堂来到了中国劳动关系学院。“立德守正，崇劳创新”是这所学校的校训，也是我们做人、做事应该遵守的标准。一个人也好，一群人也好，一个国家也好，都需要这八个字当中蕴含的恪守正道、与时俱进的精神。如果真的能够做到这些，那么我们就能与他者建构起更加良性的关系。说到关系，它正是今天我们要上的这堂外交课的核心词。很多朋友听到外交，第一反应就是太“高大上”了，但外交说到底其实也是一种关系——人际关系。还有的朋友觉得外交离我们太遥远了，那是外交官们要做的事情，和自己有什么关系呢？但当我们每个人都有着越来越多的机会走出国门、面向世界的时候，每一个人都可能代表中国，每一个人都可能是一张中国的外交名片。所以今天的这堂外交课上，我想和同学们一起探讨一下，在这个时代如何做一个有尊严的中国人，如何让世界看到一个真实的中国，看到一个负责任的大国！

我们先来认识一下今天这堂课的课代表。

郑爽：

演员，代表作《青春斗》《夏至未至》《微微一笑很倾城》

大家好，我是演员郑爽。很高兴来到《一堂好课》。

李晨：

演员，导演，代表作《北京青年》《草帽警察》

大家好，我是演员李晨。作为一名演员，我很想成为一张好的名片，向世界人民展示我们的中华文化，展示我们的历史。另外，我最近最爱看的一件事是：外交部的霸气回应！

张维为：

同学们好，今天和大家谈一谈外交。

外交风云

非常高兴有机会和大家谈一谈外交，谈谈“大外交”，谈谈公共外交，谈谈如何通过你、我、他的对外交流使中国话语走向世界。我曾经在外交部工作过五年，所以可以给大家分享一些职业外交官的经历。后来我又读书、读博士、做学问，那么实际上也开始了可以称之为公共外交的事业，在更广阔的平台上与更多的人进行交流、交谈，介绍中国。所以，今天我也想和大家分享一些大外交、公共外交的经验体会。

先了解一下这组数据：中国每年出境的人次已经超过 1.5 亿，是全世界输出最多游客的国家。可以很肯定地说，我们每个人都可以成为一名中国外交的使者，或者可以成为一张中国的名片。

记得在 1983 年 8 月，我第一次去外交部报到，当时的报到地点是外交部翻译室。我们的主任叫过家鼎，他一见面就问我说，看过女排比赛吗？中国女排是排球的国家队，我们这里就是翻译的国家队。当时中国女排在国际大赛获得三连冠，举国上下为之欢腾。过家鼎室长跟我说：“我们服务的对象是总书记、总理、副总理，还有人大常委会的委员长、副委员长。”如果同学们当中，有一些人有幸成为中国的职业外交官，请一定要珍惜这份殊荣。我们应该拥有强烈的国家队意识，我觉得这是中国外交系统中一个非常好的传统。无论你在外交系统的哪个部门工作，亚洲司也好，非洲司也好，欧洲司也好，礼宾司也好，翻译司也好，我觉得都应该努力做到国内最高的水平，做到中国国家队的水平。

另外我觉得非常重要的是，要有强烈的爱国主义情操，要有政治定力，要有健全的人格，要有比较广博的知识和非常卓越的沟通和交流的能力。我想唯有这样，才能展示我们中国外交官一流的素质，才能不辱使命，完成一个又一个的外交任务。

20 世纪 80 年代，我刚到外交部工作的时候，发现一个很有意思的现象，就是你到外交部的任何一个办公室，几乎都可以看到这样一个景象——大多数人的办公桌玻璃板底下都压着周恩来总理的照片，并且几乎在每个办公室里都有周总理的照片。可以说周总理的形象在中国外交部无处不在，也可以说周总理是中国外交事业的灵魂人物。我们都知道他是中国外交事业的开拓者和领导者，而他的外交理念、他的战斗精神、他的人格魅力，影响了一代又一代的中国的外交官。同学们一定从小听过很多周恩来总理的故事吧。

1950 年朝鲜战争爆发，当时中美之间是没有外交关系的，所以周总理就找印度驻华大使，然后请他传话给美国人，说如果美军越过三八线，中国人要管。这就叫掷地有声，我们的总理，当时也兼外交部部长，表明了一个大国的担当。所以我觉得，中国的外交官说话，该说的一定要说，而且要说得到位，讲得清楚，并且掷地有声。那么现在回头看，抗美援朝战争就是一仗定乾坤，换来了后来几十年的长久和平。

那么对于外交官来说，乃至于我们任何从事大外交工作的人，需要走到国外去跟人家交流，跨文化的交流，我觉得幽默都是一种很宝贵的品质。幽默的背后是自信，也是一种人格魅力。幽默可以成为国际交流中的一种润滑剂，能给人带来快乐，有时也能缓和气氛，有时又能化解一些矛盾，所以它是一种很好的品质。

外交工作实际上包含了很多烦琐、细致的部分，表面看好像并不涉及很多的知识，但是只要你当有心人，真是世事洞明皆学问，想要把外交工作做好，悟性非常重要。真实的外交工作不像表面看来那么“高大上”，一切的活动、领导人会见、国与国的关系，背后都有不少磕磕碰碰，甚至是斗智斗勇。我觉得，外交官需要一种较成熟的心智，英文中有一个词叫作 sophisticated，这词不容易翻译，我把它理解成比较成熟的心智。思考问题和处理问题，既要坚持原则性，又不失灵活性，还要非常的细致和周全，马虎不得。

大国担当

下面我想再和大家谈一谈什么是外交担当。1986 年 6 月，我陪当时的副总理乔石去孟加拉国访问。那天飞机抵达孟加拉国首都达卡之后，我们驻孟加拉国的大使就给乔石汇报了一个突发的情况。他说，最近几天孟加拉国上上下下都在议论这么一个话题，就是印度正在准备出兵干预斯里兰卡国内的军事冲突。而斯里兰卡和孟加拉国一样，都是南亚国家，也都在印度边上。斯里兰卡国内主要是两个民族，一个是僧伽罗族，另一个叫泰米尔族，这两个民族冲突非常厉害，因此陷入了一种内战的状况。从历史角度看，实际历史上斯里兰卡人口中僧伽罗族是多数，占压倒的多数，但后来斯里兰卡被英国殖民，从印度南部迁来了数十万的泰米尔族的劳工，然后英国采用一贯的做法叫分而治之，留下了后来这两个民族冲突的种子。到了 20 世纪 80 年代的时候，民族冲突已经变成了剧烈的战争，特别是斯里兰卡政府军和泰米尔猛虎组织之间的对抗愈演愈烈。我们访问孟加拉国的时候，正好是斯里兰卡政府军在发动大规模的军事进攻，在这个关键时刻，印度向被包围的猛虎组织投掷食品和药品，企图解救猛虎组织，斯里兰卡政府对此强烈谴责。孟加拉国舆论也普遍认为，印度有一种继承了英国殖民主义的衣钵，想利用其他国家的民族矛盾干预他国内政的企图，他们很担心孟加拉国有朝一日也会成为这种干预的牺牲品。听完大使的汇报后，乔石副总理说："我们要在这个问题上表明中国的立场。"另外，他说今天晚上有个欢迎宴会，要修改一下这个欢迎宴会的发言稿。他就把发言稿拿来，自己在稿子上加了一句话，叫作"中国人民坚决支持孟加拉国人民捍卫国家主权的正义斗争",然后让我把这段话翻成英文,将发言做一个微小的改动。

当天晚上，这句话就成了乔石副总理发言的重中之重。乔石副总理念到这句话的时候，声音坚定有力，随后又停了下来，等我把这句话翻译成英文。我们的话音刚落，整个宴会厅就响起了雷鸣般的掌声，这种感人的场面至今我还记忆犹新，这使我感到了中国作为一个大国在周边国家的分量。尽管那还是 1986 年，也就是三十多年前。我们一定要了解自己的国家在亚洲、在世界上的分量，知道中国在世界事务中主持公道多么重要，知道世界上很多国家，特别是发展中国家，对中国抱有很高的期望。不是说我们要满足人家所有的期望，这是不可能的，也是没有必要的，但我们不能采取大国小民的心态，该说的一定要说，该做的一定要做。

我再顺便提一下乔石副总理的幽默。在访问孟加拉国之前，我们先访问了尼泊尔，当时驻尼泊尔的大使就特别兴奋。过去我们随领导人出访，经常有一个传统，就是领导到了使馆之后，要给使馆的同志做一个报告，谈谈国内的形势等等。那么驻尼泊尔的大使就说："我们盼星星盼月亮，今天盼来了乔石同志，欢迎乔石同志给我们做报告。"然后乔石副总理的反应也很有意思，他是面带微笑，不紧不慢，带着浓浓的上海口音说："我不是星星也不是月亮，我是一块小小的石头。"下面的同事都笑了。我觉得，幽默也是一种很宝贵的品质，就是刚刚讲的一种人格魅力的自然流露。

下边再给大家回忆一段邓小平的往事。1987 年 4 月 15 号，邓小平会见坦桑尼亚前总统、南方委员会主席尼雷尔，当时我做翻译。会面开始之后，邓小平就说了这么一段话，他说目前世界上全局性的问题实际上是两个，

在一些贫穷的亚非国家，连供应干净的生活用水都无法保障

一个是战争与和平问题，一个是南北问题[1]。用十几个字就把天下大势概括了起来，既体现了小平同志举重若轻、言简意赅的本事，也展示了汉语本身的一种凝练美。然后邓小平接着说，南方委员会要处理的事情不仅是南北问题，还有南南问题（即发展中国家之间如何加强经贸合作的问题）。人类要发展，不解决南北问题不行。现在的趋势是富的越来越富，穷的越来越穷，1/5 越来越富，4/5 越来越穷，不解决这样的问题，人类就没有进步，而且如果发展中国家不摆脱贫困，那么发达国家的发展也会遇到障碍。邓小平说解决的方法就是南南之间发展合作，并加强南北对话，可以说这番话今天听起来仍是振聋发聩。

西方国家在全球治理问题上，总体上还是信奉一种你赢我输、零和游

1　即发展中国家与发达国家的经济、政治发展不平衡的问题。

戏的态度，背后的逻辑是，西方文化比较崇尚二元对立、赢者通吃这个逻辑。坦率地说，这种逻辑在 21 世纪已经难以为继，因为它越来越多地增加了全球治理、全球问题的系统性风险。过去邓小平曾经不厌其烦地对西方领导人讲这个道理，包括中国在内的发展中国家发展起来的话，对西方国家也是有利的。穷国发展起来，富国的产品才会有出路，才会卖得掉。这样从别人的自身利益来说服别人，也是我们在外交中经常使用的一种非常有效的方法。

我觉得邓小平对西方政治逻辑的分析可以说是入木三分。就在 1987 年会见的两年之后，西方推动的所谓第三次民主化浪潮席卷了许多国家，发展中国家局势不稳的数量增多，苏联在东欧也出现了危机，局势开始动荡。这个时候，1989 年 11 月尼雷尔再一次访华，邓小平又会见了他。邓小平当时说了这么一段也是掷地有声的话，他说："我希望冷战结束，但现在感到失望，可能是一个冷战结束了，另外两个冷战又开始，一个是针对南方第三世界，另一个是针对社会主义的。"他还说，西方国家正在打一场没有硝烟的第三次世界大战，所谓没有硝烟，就是要社会主义国家和平演变，东欧的事情对我们来说并不感到意外，迟早要出现，东欧的问题首先出在内部。这就是邓小平对当时世界大局的一个分析。

我为大家回忆这些邓小平的谈话是想说明一个观点，就是从事外交工作也好，从事国际交流也好，一定要有对中国和世界的事情的一个整体的理解和把握。实际上，邓小平刚才的这些话就是对中国的事情、对世界事务的一个整体的把握和非常透彻的思考。我们虽然很难达到小平同志这样的高度，但所有从事外交工作的同志也要努力去这样做。我自己后来转去做学问，如果问我做学问有什么初心的话，我也是想把中国的事情，把世界的事情，把中国发展的、世界发展的大趋势搞懂，也就是力求形成一种对中国和世界事务的整体把握。

那么现在我们可以看到，随着全球化的发展，贫困问题、非法移民问题、气候变化问题、传染性疾病问题，还有恐怖主义问题等，都与全球治理密切相连。人类已经形成了一个命运共同体，确实是一荣俱荣，一损俱损。但是在西方国家有这样认知的人还是少数，甚至极少数，很大程度上与西方这个制度的特点有关，即资本的力量主导一切。那么资本力量在世界范围内，它玩赢者通吃的游戏早就上瘾了，要改邪归正比较难，或者说谈何容易？但对于中国这样的国家来说，我觉得该说的一定要说，该讲的道理一定要讲，而且今天随着中国自己的崛起，不仅这么说，并且开始这么做了。我们今天正在通过“一带一路”的倡议，带头推动共商、共建、共享，这是一种新型的全球化。坦率说，面对中国这种推动“一带一路”的发展，西方许多国家一下子不知所措，无法适应。但随着时间的推移，我想形势会比人强，一些西方国家也开始意识到有必要与中国合作，参与“一带一路”建设。

中国人，你要有自信

刚才我提到了从事外交或者公共外交工作，最好对我们中国本身、对这个世界，特别是它的发展大势、基本的运作规律有一种比较整体的把握、宏观的理解，这对外交工作是非常有益的。我自己一直在做这方面的研究，也进行一些传播和交流，现在和大家分享一些自己的经验——公共外交。

不久前我去欧洲几个国家访问了一次。在法国的时候，我碰到一位老朋友，一位资深的法国学者。他跟我是这样说的:“我们知道九年前你和《历史终结论》的作者福山先生有过一场辩论，你那时做了一个预测，就是当时刚刚爆发的‘阿拉伯之春’会变成‘阿拉伯之冬’。现在看来，你当时的预测是准确的。”实际上我是全世界最早做这个预测的，我引以为豪。

“阿拉伯之冬”的概念是我发明的，这是中国话语。你不一定知道谁发明，只要你用这个概念，就证明你已经持了一个立场，实际上是中国的立场，我觉得这个非常之重要。我称它为原创性话语研究的力量。这位法国学者还说：“你当时还预测了美国需要进行政治改革。”他说从法国人的角度看，我这个预测应该说也是准确的。

在2014年的时候，我做过一个演讲《中国人，你要自信》。这个演讲推出之后，产生了蛮大的影响。我当时是这样说的，“中国人，你要自信，让我们把不自信的帽子送给我们的对手”，现在实际上我们在国际交流中就经常这样做。现在到西方国家去，我经常跟他们这样讲：“你们需要政治体制改革。”过去“政治体制改革”这个词是西方国家专门用来针对中国的，老说我们经济改革很厉害，但是为什么还没有政治改革？结果现在发觉他们西方的制度出了很多很多的问题，比如从希腊的破产到英国脱欧的乱局，所以今天在西方世界讲“你们需要政治改革”，有时候下边会传来会心的笑

“阿拉伯之春”后，中东各国发生了暴乱，引发了持续数年涌入欧洲各国的难民潮

声，我也挺高兴。我给同学们看一个最新的民调结果，欧洲有一家叫益普索（Ipsos）的公司，在几十个国家做了民调。2019年，它提了一个非常简单的问题：你认为自己的国家是否走在正确的道路上？这个民调结果非常有意思，受访中91%的中国人回答“是”。英国回答“是”有多少？21%。法国有多少？20%。在这样一种民意基础之下，究竟谁应该更加自信？是中国，还是西方？我想应该是中国更加自信，我们也有理由更加自信。

我觉得要讲好中国故事，要进行有意义的国际传播，同学们需要养成一种广泛阅读和深入思考的习惯，要大量地吸收我称之为原创性的中国话语的研究成果，包括熟悉许多跨国的民调结果，我觉得这个是非常有用的，对我们从容地应对国际交流中各种质疑、各种挑衅很有帮助。

另外，我觉得还有必要强调世界文化的差异性，比方说中国人的文化中讲究与人为善，我们有这么一个传统，给人面子，但西方是没有的。所以在中西方交流中，我们一定要十分注意这一点。我可以给大家讲一段我的经历，我的基本感觉是：为了更好地和西方交流，我们一定要学会跟西方交锋，只有通过交锋才能达到更好的交流。实际上各种交锋、摩擦是不可避免的，随着中国迅速走向世界政治经济舞台的中央，要学会“既来之，则安之”，没什么了不起的，与西方往往通过交锋之后才能更好地交流，这是符合事物发展的辩证法的。当然我讲的交锋并不是要你声嘶力竭，中国人讲“有理不在声高”，交锋在于自信地、礼貌地、客客气气地把道理说清楚。西方文化总体上是一种强者文化，他尊重强者，尊重胜利者，所以他提出一个挑衅性的问题，如果你不敢接招，不敢和他交锋，你就输了，你代表的国家也就输了。我觉得中国今天也确实到了这么一个时候，对于误读中国，特别是恶意的误读，该出手时一定要出手，该亮剑时一定要亮剑，该当头棒喝就要当头棒喝，当然也可以和风细雨、侃侃而谈，都没有关系。总之，这样一种交锋能更好地交流，也能让你得到对手更多的尊重。

我可以给大家讲一个故事，2018 年我去德国参加一个论坛。这个论坛的主题是讨论中国崛起与国际秩序的演变。这个主题非常之好，但是在论坛开始的第一场会议上，主席在主席台上说了一句话，他说：“我们给在座的每一位都发了一个表决器，请大家回答几个问题，按一下这表决器上的‘yes’或‘no’键，这个大屏幕上很快就会出现大家表决的结果。”主席问的第一个问题是：中国崛起对世界秩序是威胁吗？当时会场有 200 多个人，主要是来自欧美的专家。结果马上就显示在了屏幕上，65% 的人认为中国的崛起对国际秩序是一种威胁。主席马上就把目光投向我，他说：“张教授，你怎么看？”西方没有我们与人为善的传统，也没有给人面子的传统，但好在我自己有一些处理这种场面的经验。我还蛮喜欢这种直来直去的文化，挺好，没有问题。

我当时这样回答：“我们这个会场才 200 多个人，坦率地说，这是一个非常小样本的民调，所以这个说服力不够强。但是以我对今天西方社会的了解，即使整个德国的民调都是这样一种结果，或者整个西方国家的民调都是这样一种结果，我并不会感到十分的惊讶。为什么？我认为主要是因为西方的主流媒体，长期以来对中国的报道不实事求是，报道都是歪曲性的报道，带着强烈的意识形态偏见和文化偏见，造成你们经常误读中国，导致西方很多国家、很多民众，甚至很多专家学者对中国很不了解。但同时，中国人也越来越自信，越来越不在乎了，对不对？如果你不想了解一个真实的中国，我们也没有办法。”2018 年 10 月在哈佛大学我也讲过这个观点，我说：“我们苦口婆心给你解释中国，一遍、两遍、三遍，够了，不解释了。”然后我又说：“如果你不愿意了解的话，我们可以把你们留在黑暗中，我们并不在乎。今天的中国事实上可以这样，是你们更需要了解中国，而不是我们要强迫你了解中国。”

那么主席就又问了：“难道我们西方媒体对中国的报道真的扭曲了真相

吗？”我说我可以举一个例子，我长期阅读英国的一份杂志《经济学人》（*The Economist*），你看它关于中国政治的评论，如果由我给它打分的话，A、B、C、D四种基准，我会给它打C-或者D。其中对中国的政治评论水准非常之低，坦率地说，我自己作为一个学者，个人的预测都比它预测得准。

我们有一位研究员，真的做了一个很认真的研究，就研究《经济学人》杂志对每一次全国人民代表大会发表的政治评论，从十二大到十九大做了整体的分析，得出的结论非常荒谬。你几乎可以反过来理解它的评论，它说不好的，结果往往非常好。后来我向很多西方的朋友、外国的友人，包括联合国秘书长古特雷斯，都推荐了这种了解中国的方法，我说你可以读《经济学人》杂志关于中国的政治评论，但反过来理解，这个准确性八九不离十。

另外我觉得在国际交往、交流、交锋中，有时候需要有一种叫作一剑封喉的本事。西方世界像我刚才讲的，他们最承认实力，这个实力包括硬实力，也包括软实力。那么软实力中也包含比较强势的比较透彻的中国话语。我可以举几个例子，一个是人权问题，西方人碰到中国就讲人权问题，特别是美国人。我有一个被称为一剑封喉的方法，我说："根据研究，21 世纪对世界人权最大的最直接的侵犯就是美国发动的伊拉克战争，十几万平民百姓被杀了，数百万的平民百姓无家可归、流离失所。如果美国不向伊拉克人民、向全世界人民把这个问题解释一下，美国怎么有资格来跟我们谈人权问题，讨论人权问题？资格都没有。"这叫一剑封喉。

崛起的中国是我们的坚实后盾

由于这么多年来，西方政坛长期敌视社会主义制度，甚至很多对中国友好的西方人士都不太了解中国共产党。西方媒体报道中国，它经常加一个词—— Communist，那个 C 还是大写，它本身代表贬义。我在向外介绍中国共产党的时候，经常是这样做的，我说：“你一定要理解，在中国，中国共产党是一个非常积极的正面力量。”如果还有时间的话，就可以做进一步地解释，从中国的文化传统、中华文明的传统出发，做一个政治学的解释。我说：“中国的政党和西方的政党都叫党，但这两者差别是很大的。西方的政党是公开的部分利益党，英文叫 partial interest party，代表公开的部分的利益。中国不是的，中国是整体利益党，英文叫作 holistic interest party，代表整体的利益。”

其实多党制也好、一党制也好、无党制也好，实际上都不那么重要，关键是一个国家有没有一个代表人民整体利益的政治力量。世界各国都需要改革，但如果没有代表人民整体利益的政治力量，很难进行改革，因为改革是要突破既得利益集团的。所以同学们甚至可以反问对方，贵国有没有代表人民整体利益的政治力量？或者代表人民整体利益的政党？这样就化被动为主动。在中国是有这样一种政治力量的，我们可以形成共识，克服既得利益，一起来做事情。所以我觉得可以经常问问西方国家和其他国家：“你们有没有这样代表人民整体的政治力量？”这也是一种话语的力量。你甚至可以问：“如果你们国家没有这样一种代表人民整体利益的政治力量，那么你们怎么和中国竞争呢？”看看对方如何回答。

我讲这些一剑封喉的例子是想说明一点：我们不能仅仅满足于官方话语，比方说一些文件、一些口径，而要有原创性的中国话语。毫无疑问，我们已经形成了一整套的关于中国特色社会主义的官方表述，我们在外交上也形成了一整套的中国官方表述的口径，等等，这些都非常重要，甚至可以说是我们工作的定海神针。但是在今天的国际交流中，仅仅依靠官方的话语和口径是远远不够的，因为我们面对的是整个西方话语体系对中国的围剿，其中既有学术话语，也有大众话语，还有国际话语，而且往往是三者的“组合拳”。所以我们需要解构西方话语，建构中国话语，这就是我们现在做的工作。对西方话语体系的这种围剿的反击，也要有学术话语、大众话语，还有国际话语，我们也需要有这三种话语的“组合拳”，这样才能很好地应对。

最后我想跟同学们说这么几句话：我们一定要看到自己确实处于百年未有之大变局中，而且中国处于一个非常特殊而有力的地位。可以这样说，人类历史上第一次出现了这么一个情况：一个世界最大的经济体（按照购买力平价计算），也就是中国，是一个真正热爱和平的国家，同时也是一个具有强大止战能力的国家，而不是一个恃强凌弱的好战国家；是一个真正的主张大小国家一律平等的国家，而不是以大欺小的国家；是一个真正推动合作共赢的国家，而不是极端自私自利、以邻为壑的国家。那么中国这样的国家比其他国家更能够发现并且推动世界各国利益的汇合，推动世界范围内的和平发展。而且中国在和平发展领域内积累了非常丰富的经验，可以在世界上发挥榜样和引领作用。

对于我们中国新一代的外交官来说，对于所有愿意致力于对外交流的国人来说，大家赶上了一个前所未有的好时代，一个中国全面走向世界政治经济舞台的伟大时代，一个“海阔凭鱼跃，天高任鸟飞”的伟大时代，所以崛起的中国是大家的坚强后盾，整个世界都是施展才华的舞台，愿大家拥抱这个伟大的时代，努力奋斗，梦想成真！谢谢大家。

康辉：

当今世界面临着百年未有之大变局，今天我们每一个人都比以往任何时候，有更多的机会去进行对外的交流、交往，而在每一次看似普通的沟通交流当中，其实都涉及国家形象、民族素质的展示和评价，所以今天外交早已经不仅仅是外交官的事，而和每一个人息息相关。当中国越来越走进世界舞台的中央，我想每一个中国人也应该更好地去适应它。再次谢谢张维为老师。

点亮思想之光，嘉奖向学之心。

《一堂好课》，我们下堂课再见。

戏曲课

主讲人　尚长荣

京剧表演艺术家、首位中国戏剧梅花奖得主，2011年被国际戏剧协会授予“世界戏剧大使”称号，戏曲代表作《曹操与杨修》《贞观盛事》《廉吏于成龙》

康辉：

今天《一堂好课》的课堂设在了杭州西子湖畔的中国美术学院。中国美术学院的校训是："行健、居敬、会通、履远。"这是从行为、情怀、学理、志向四个层面，给出了艺术和人生的目标。而且这八个字、四个词让我们体会到了一种美，一种颇具中国传统文化色彩的美。今天，我想和同学们一起上一节戏曲课。戏曲是中国传统戏剧的一个独特的称谓，可以说它是集中华文化品格之大成者。我刚刚提到的八字校训，其意蕴都能在中国戏曲里一一找到对应之处。就拿"三国戏"来说，《长坂坡》能让我们看到"行健"。《三顾茅庐》呢，体现的就是"居敬"。"会通"在哪里？《借东风》。而如果说到"履远"的话，再没有比《单刀赴会》体现得更淋漓尽致了。中国的戏曲无声不歌、无动不舞、无处不美，欣赏戏曲就像是欣赏一幅幅中国画，我们可以从中闻墨香，观气韵，品意境，听一嗔一怒，感喜乐悲愁。所以今天来到中国美术学院，和同学们共品戏曲之美，真的是大道同归！而身处江南之地，就算是大家再不熟悉越剧，也一定听过那句"天上掉下个林妹妹"。因此，戏曲和我们的距离并没有大家想象当中的那么远。古老的戏曲和今天的生活到底是一种什么样的关系呢？了解戏曲，走进戏曲，对于我们的人生会有何益处呢？今天我们就一起带着这些问题，在这堂戏曲课当中寻找答案。

戴荃：

歌手、音乐制作人，毕业于南京艺术学院，音乐代表作《悟空》《渡人》《湖光水色调》

同学们好，我是戴荃。虽然我没有学过戏曲，但是我觉得无论是做什么形式的音乐，都应该取百家之长，形成自己的风格。

董宝石：

歌手，音乐代表作《野狼 disco》《出征》《过年迪斯科》

老师好，同学们好，我是宝石，也是《野狼 disco》的创作者。跟这么多青春洋溢的面庞一起回顾经典，感受自己民族的文化，学习传统戏曲艺术，我觉得这是非常有意义的。希望我们所有人珍惜这一堂好课。

尚长荣：

同学们好，现在开始上课。

中国戏曲的美学解读

京剧比起南音、南戏、梨园戏、秦腔、昆曲，应该说还是“小弟弟”，只有两百来年的历史。京剧诞生于清末的北京，是由徽、汉两个剧种合流，再加上昆曲、秦腔，及诸多兄弟剧种的旋律在内，形成的一个新的剧种，最初叫乱弹，又叫皮黄。在光绪时代，这个新剧种到了上海去演出，上海《申报》上出现了京腔、京戏这个名称。所以它诞生在北京，得名则是在上海。从此京剧就成了我们中华民族四百多个剧种当中的一员。

京剧艺术在发展过程中，形成了四个行当：生、旦、净、丑。生、净、丑都是男性角色，旦是女性角色。我自己从事净行，俗称“花脸”。净行最大的特点是，要往脸上画浓墨重彩的脸谱，着上红、黄、蓝、白、黑，再用线条勾勒出各种图案。

我们花脸演员很羡慕生行和旦行。生行中，比方说赵子龙、诸葛亮、周瑜、《西厢记》中的张君瑞，多么漂亮，多么文雅。旦行又是多么靓丽，多么端庄。唯独我们花脸演员得往脸上涂浓墨重彩，还要穿上很厚的胖袄，着上蟒袍、铠甲等。从事花脸行当，要求演员具备相当好的生理条件，对武功、唱功的要求也非常苛刻。戏曲界流传着这样一句老话：“千旦百生一净难。”“千旦”就是说千人里才能选拔出一个唱旦角的人才；“百生”则是说百人里才能选拔出一个唱生角的人才；至于花脸净行，出一个像样的都非常困难。由于面部化妆的影响、制约，花脸演员的面部表情无法像生、旦那样直接地呈现给观众。

尚长荣给花脸上妆

姜维造型

关羽造型

张飞造型

我们讲四功五法，四功就是唱、念、做、打，五法是指手、眼、身、法、步。唱，为四功之首。花脸能够表现各种各样的人物，我们可以骄傲地说，上至帝王将相，下至贩夫走卒、文人侠士、绿林英雄，花脸都可以演，甚至是卖国奸贼，都能演。至于脸谱，上古时代，人们都要戴上面具来表演，后来的古希腊也是如此。现在我们京剧舞台上，加官、财神、雷公、土地爷都戴一个“小脸子”，以前则是戴面具。现在，随着时代的变迁、艺术的深化，京剧形成了独特的脸谱艺术：红色忠勇，黄色暴戾，黑色阳刚，白脸有一点奸诈。所以，关云长义薄云天，画红脸；猛张飞画黑脸；曹操奸诈，画白脸。再比方说姜维，除了用红来表现他的忠勇，还会画一个符号似的太极图，以示他很有谋略，能够继承诸葛丞相的学术和才能。再比方说有着独一无二脸谱的楚霸王，他的脸谱叫无双谱。而盗马贼窦尔敦，则用蓝色脸谱表现他绿林好汉的英雄气概。

因此，不同的脸谱可以塑造不同身份的历史人物。包老爷的脸谱，表现了老百姓对官吏的期盼，黑脸代表铁面无私；月牙，暗示日断阳，夜断阴；愁眉，表示包老爷老在思索，还有多少贪官污吏没有被肃清，还需要他进一步去勘察、去了解。日断阳，夜断阴，就是老百姓希望他白天能够肃清贪官污吏，到了晚上，即使阴曹地府有营私舞弊，他也要把判官给铡了。脸谱的色彩和图案，代表了人物的个性，也代表了人物的品格，这是我们中国美学在戏曲美学上的一大独特成就。

除了脸谱之外，戏曲艺术在表演中还讲究虚实结合。比方说戏曲《秋江》，一个老艄翁渡着一位年轻貌美的尼姑去追赶她的心上人，舞台上没有水，只用一根竹竿、一支船桨，就能代表两个人在波涛当中缓行，或在激流当中闯荡。通过这两个人的表演，观众能够产生坐船一样的感觉。这就是我们戏曲的虚拟写意。《打渔杀家》靠一支船桨就表现出了父女二人在淮河谋生的状态，这足以说明我们中国戏曲虚拟写意的表现力。

京剧《秋江》剧照

戏曲的唱念做打

接下来我再说一说唱念做打。唱，为四功之首；念，千斤话白四两唱——这岂不是矛盾的吗？其实并不矛盾，念白要比唱功更吃功夫。千斤话白四两唱，因为唱是有伴奏、有乐队、有旋律，而且有过门的；念，则是一种无伴奏但有音律的念白。比方说，《长坂坡》中，曹操有这样一个引子："普天蕴日，建功勋，四海扬德政。运兵机，全剿灭征。"念这样的引子，花脸演员必须具备较宽的音域，要有"龙音"。龙音就是 High C，这是高音区。此外，花脸演员还要具备中音区、低音区。李逵、花和尚鲁智深、楚霸王，都要打"哇呀呀"，"哇呀呀"表示发急，用来表现人物的激越情绪。

当然，戏曲的欣赏门槛并不高，应该说京剧是雅俗共赏的，大家不要敬而远之，更不要望而却步。只要看一看、听一听或者是学上一两段，你就会发现它非常之美妙。京剧不是兵马俑，也不是甲骨文，更不是马王堆古墓。京剧中有歌，有朗诵，有表演，有造型，有武打，它是一种综合性很强的戏曲艺术。同学们有机会不妨看看戏，或者是看看近年来拍的京剧电影，这样接触一下，也许就会喜欢上它。大家也可以学着唱几句京戏，试着自我陶醉。我想古典并非不时尚，艺术就在大家的身边。

再举个例子，下面这张照片中，京剧演员仿佛悬在空中。这是《挑滑车》中的一个经典动作。这是国外友邦的经典艺术所不具备的中国特色。

这段戏讲述了宋朝大将高宠单人独骑地和金兀术（完颜宗弼）打仗的故事。剧中这个动作就像烈马腾空一般。但这个动作非常吃功夫，没有几十年的功力，不刻苦，不流汗，不流血，是掌握不了的。这出戏在 20 世纪 50 年代和近些年到国外演出时，深受广大外国观众欢迎、青睐。他们非常钦佩我

京剧《挑滑车》中的经典动作

们中华民族的戏曲艺术，甚至会体会其中的写意、抽象、夸张之美。

净行分铜锤、架子和武花。《二进宫》中，明代老将徐彦昭的扮相是一位白胡子的老元戎，手里抱着祖传的铜锤，象征着上打昏君、下打谗臣。这出戏要由唱功为主的演员来唱。扮曹操，演员需要铜锤和架子都能演。而以武戏为主的武花，在台上则要翻要打。

生行分为老生、红生、小生、武生、娃娃生等。

旦行有端庄的青衣，我们的贤妻良母、大学女教授、白衣天使都像正工青衣；有花旦，是靓丽活泼的少女；有武旦，是巾帼英雄，就像我们的解放军女战士；有刀马旦，像我们的运动员，比如乒乓球运动员邓亚萍、女排教练郎平等；还有老旦，是年长的女性。

丑行有文丑、武丑。三国中的蒋干是文丑，水浒的阮氏兄弟、鼓上蚤时迁是武丑。

这样的行当不是凭空捏造出来的，而是我们的艺术先贤用他们的聪明才智，根据性别、身份、职业等由生活中归纳而来，是源于生活而高于生活的艺术形象。

生、旦、净、丑在戏曲舞台上各放异彩。电视剧《三国演义》十分好看，拍得非常之好。戏曲舞台上的《三国演义》也很精彩，曹操、孙权、张飞、关羽、太史慈是净行，诸葛亮、刘备是老生，周瑜、吕布是小生，蒋干是丑行。这些艺术形象让舞台绚丽多彩起来，也使中国戏曲能够屹立于世界艺术之林。

铭记戏曲人的赤胆忠心

有一句话叫“台上三分钟，台下十年功”。但实际上，在台上三分钟，甚至是几秒钟，台下却要练几十年的功夫。我们戏曲人的楷模盖叫天先生，在 70 岁的时候拍了一部京剧电影《武松》。武松在狮子楼斩杀西门庆，一套拳打完之后，立马一个“抢背”，一个“乌龙绞柱”，动作干净利落，没有几十年的功夫绝对达不到那种准确性。他永远是我们年轻演员学习的榜样、楷模。

唱、念、做、打，“做”是造型，“打”是武功，都是塑造人物的重要手段。要塑造角色的气节与风骨，必须得有扎实的功底。比如说，扮演岳飞，在舞台上穿上蟒袍一定要有气质。气质从哪儿来？就从基本功中来。站如松，坐如钟，行如风，卧如弓！京剧中有整冠、抖水袖的动作。整冠就是看帽子有没有歪，就像今天我们男士调整领带。抖水袖就像是整理衬衣。这些动作都源于生活而高于生活，是程式化了、艺术化了，即美学化了的动作。做好这些程式化动作需要有扎实的基本功，又要不拘泥于程式，活学活用，这样才能把中国戏曲中特有的蟒袍铠甲、厚底靴子控制好。

作为一个演员，你若没有扎实的基本功，没有深厚的文学修养，很难在舞台上展现出民族英雄的气节和风骨。戏曲练基本功就跟美术要学素描、国画要练笔墨一样，是极为重要的。

提起古代英雄人物的民族气节，同学们都熟悉。在这里，我想讲两个小故事，告诉大家中国近现代两位大艺术家的气节和风骨。

大家恐怕不知道梅兰芳有这样一个小故事。他到朝鲜前线去慰问的时候，到了前沿阵地的一个炊事班。当时他没有带乐队，也不可能带乐队。炊事班里挂着一把京胡，他问炊事班班长会拉京胡吗。对方说会拉几下。“好！你拉京胡，我给你唱。”志愿军炊事班班长就拉起了京胡，梅兰芳便唱了一段京戏。现在所谓的明星，包括我自己，肯不肯在那样一个环境里，让炊事班班长拉京胡自己来唱呢？这是多么平凡而伟大的行为。先贤前辈身体力行，尽一位人民演员、人民艺术家的义务和责任，表现出了一个中国人的风骨和气节。

我自幼生活在一个梨园家庭，也从父亲尚小云的一次慰问演出中，感

尚长荣讲课现场

受到了老一辈艺术家的精诚和忘我。当时父亲去慰问深山里的铁道兵，在用木头临时搭起的露天戏台上演戏。因为没有灯光，所以只能白天演出。可是演着演着下雪了，铁道兵战士冒着雪看完了第一天的戏。第二天雪下得太厚了，无法露天演出，可还有很多铁道兵没看到戏。当时我父亲就提出，能不能在食堂里演？可食堂里可容纳的观众很少，一场只有几十人。父亲说：“好，我连演两场！”他那个时候近 60 岁，演一场《梁红玉擂鼓战金山》要两个小时。第一场戏演完，休息 15 分钟，等新的一批铁道兵进场，重新演《梁红玉擂鼓战金山》，又是两个小时。就这样，一位近 60 岁的老人连演了四个小时。现在，我们的青年京剧演员，包括我自己，敢不敢连演两场《曹操与杨修》？我觉得自己现在都不敢说能做得到。我们的前辈们——这些有着赤胆忠心的戏曲人，忘我地为工农兵服务，是我们的楷模。要想当一个合格的戏曲人，必须要有血性，有灵魂，有品德，有本事。

推陈出新，戏老人不老

在改革开放热潮涌动于神州大地、大家撸起袖子加油干的火红年代，各行各业，包括教育界、医务界、工业界等都成了“小岗村”[1]，都在改革，都在求索，都在拼搏。审视和回顾我们戏曲界，我觉得似乎有一点滞后。在 20 世纪 70 年代，优秀的古典剧、优秀的电影被禁锢了十年之后，重新在舞台上演绎，在银幕上放映。可是京剧这么一个大的剧种，老演老戏，老戏老演，我想终究是不合适的。

在我的青少年时代，即新中国成立初期的 50 年代，戏曲界在继承传统的基础之上，勇于创新，推出了诸多优秀的新编历史剧目和优秀的现代剧目。

1 位于安徽省滁州市凤阳县，是中国农村改革的发源地，率先实行包产到户的运作模式。

可是到了改革开放之后，我觉得京剧界反而有一点滞后了，缺少了过去那种求索的精神。

1987年，在一个闷热的秋日，我的好朋友给我推荐了一个剧本——《曹操与杨修》，它发表在中国剧协主办的《剧本》月刊上。当时我看到这个剧本，发现里面的曹操不是罗贯中先生笔下的白脸奸贼，也不是郭沫若先生笔下的《蔡文姬》中的白璧无瑕、被神话的曹丞相；他是一个有着宏图伟略、忧国忧民的曹孟德，会愤而写出“关东有义士，兴兵讨群凶”“白骨露于野，千里无鸡鸣”的曹丞相，内心深处又有身处封建时代不可逾越的局限性，以及深藏在心窝里的那一点卑微。剧本写的是一个有血有肉、有七情六欲的政治家、诗人、军事统帅。剧本写得很好，只可惜没有被其他的戏曲院团看中。

我看到这个剧本后说：“要闯一闯！饱食终日，无所事事，老戏老演，老演老戏，没有出息。”于是，我夹着剧本，坐上绿皮火车，听着贝多芬的《命运交响曲》夜闯“潼关”，敲响了上海京剧院的门环。那时候我多少有一点名气，又是第六届全国人大代表和一个院团的负责人之一，但我应该放下架子。中国古人有这样一句话：“敏而好学，不耻下问。”我觉得有出息、想上进的戏曲人应该放下架子，不管你是什么级别、什么明星，都要厚着脸皮去求索，去寻找合作的伙伴。

就这样，我敲开了上海京剧院的大门，毛遂自荐，提议共同推一出新戏。结果大家一拍即合。经历了寒冬酷暑，排练了一百个工作日，我们终于把《曹操与杨修》这出戏搬上了舞台。1988年，第一届新剧目会演在天津举行，会演宗旨就是要求新，就是要一石激起千层浪，就是要往前推动；即便不成功，也能总结一下经验教训，起到推动发展的作用。这出戏在天津首演，一炮而红。观众反应热烈，专家、新闻记者们看完后都哭了，他们盼这样的戏盼了多少年！这是一出悲剧，是很有文学品位、挖掘人性、引起思索的优秀剧目。受到这样的肯定之后，我们都高兴得热泪盈眶。

谢幕的时候，我提出能不能让氛围从古代回到现实，由古代的曲子引出一首现代的音乐。当时有一首歌叫《让世界充满爱》，我就胆大妄为地把这首歌推荐给总导演马科。在谢幕的时候，舞台灭灯，音乐响起："你走来，他走来，我们走到一起来……"观众一开始傻了，以为音响师放错了，但当听到"永远不分开"的歌词时，整个气氛"炸"了。这是第一次把流行歌曲引入我们古典的戏曲中。

古典并非不时尚，古典也能跟时尚密切地、有效地结合。

中国戏曲电影的未来之路

在改革开放大潮的激励、推动、引导之下，我和上海京剧院排了三部戏，也都参与了演出，是主演之一。第一部是《曹操与杨修》，第二部是新中国成立50周年的献礼剧目《贞观盛事》，第三部是2002年拍的京剧电影《廉吏于成龙》。于成龙是清代历史上最著名的廉吏，他不单清廉，还很有能力，是一位值得纪念、值得研究、值得演绎的布衣高官、民族先贤。剧中有一段核心唱词，我给大家念一下："无病休嫌瘦，奉公莫怨贫。知足无烦恼，布衣乐终身。非我之有莫伸手，非分之财不进门。"这既是于成龙的一个唱段，也是我们剧组每一位演职人员的守则，更是我个人的座右铭。后来这三部戏参加了三次京剧艺术节，都获得了艺术节金奖的榜首。

专家也好，广大观众也好，他们都在激励着我们、指引着我们、推动着我们出好戏。只要拼搏就会有成果，戏曲人只要向前迈步，就会得到观众的支持和奖赏。

大家可能不知道，在1905年中国拍摄了第一部无声电影，是由京剧谭派艺术的创立者谭鑫培主演的《定军山》；中国的第一部彩色戏曲电影，是梅兰芳先生演的《生死恨》；第一部在海外上映的彩色戏曲电影是《梁山伯与祝英台》。在 2013 年，中国拍摄了第一部 3D 全景声的戏曲电影——京剧《霸王别姬》。

以前拍摄戏曲影片似乎是记录形式的，现在比较先进了，都是有故事有情节，以戏曲为主，也充分运用了电影的技术。这样的结合非常好。

我们在筹备拍《霸王别姬》的时候，导演滕俊杰提出，当时正好有一个德国 3D 技术的团队在上海做实验性的拍摄，《霸王别姬》要不要拍一个 3D 全景声的电影？我说："太好了！"当时也有其他院团的同志说："尚老师您注意，我们的舞台是圆的，讲究出将入相[1]。这样一个立体拍摄方法，会不会对我们的舞台呈现有损伤？会不会有制约，或者有负面影响？"我当时回答说："你太保守了，现在是信息化时代了，拿个手机打越洋电话都能看得见人了。而且立体电影在欧洲老早就有了，难道说我们中国戏曲就不能做个实验吗？"

当时这部电影一出来，美国好莱坞就邀请我们到那里举行首映式。好莱坞星光大道上的杜比剧院所有的广告全部是霸王和虞姬的照片，一眼望去，全是中国戏曲元素、中华文化元素。

越是民族的，越是经典；越是有我们中国元素的，越是独树一帜，越能赢得各国观众的厚爱。那天我坐在台下看自己参拍的《霸王别姬》，深感戏曲人终于腰杆硬了，心中生出一种难以言表的深深的民族自豪感。这时我就想到，我们要为民族文化争气，要为戏曲艺术拼搏，只有这样，我们的戏曲电影才能永远立足于世界电影之林，戏曲艺术才能久演而不衰。这是我们戏曲人应尽的责任和义务。

1　中国传统戏曲的舞台背景是刺绣的帷幕，两边有上下场口，门帘上分别写有"出将""入相"。除了因为传统戏曲中主要角色大多是王侯将相之外，也有把演员和观众比作将相之意。

《霸王别姬》剧照

康辉：

谢谢尚长荣老师。钱穆先生说过，戏曲的特别之处就是动作舞蹈化、语言音乐化、布景图案化，三者之配合就是人生的艺术化。中国的戏曲讲述的是中国的故事，看戏也是在学习做人。在新时代当中，我们将继续讲好中国的故事，而戏曲仍将有一片广阔的天地。

点亮思想之光，嘉奖向学之心。

《一堂好课》，我们下次再见。

舞蹈课

主讲人　冯双白

中国舞蹈家协会主席，舞蹈理论家、编剧，创作了《妈勒访天边》《花木兰》《水月洛神》《大禹》等多部舞剧

康辉：

人所拥有的最直接最无障碍的沟通交流的工具是什么？就是我们的身体。一个温暖的微笑，一个热情的拥抱，这就是传达最美、最善意的语言，而人类的身体语言经过凝练和升华，就构成了人类最早也是最美的艺术表现形式之一 ——舞蹈。今天我想和同学们一起来上一堂舞蹈课。中华民族大家庭中五十六个民族都有丰富的舞蹈艺术，特别是一些少数民族同胞，会说话就会唱歌，会走路就会跳舞，舞蹈就是生活。而几乎每一个民族都有以舞蹈的形式记载下来的文成武德、励志故事，以五岳之名来外化内心的气节，所以舞蹈就是历史。舞蹈和我们的内心、精神、生活中很多不可言说的东西有着多么密切的关联。舞蹈到底拥有怎样的一种力量？今天我们就带着这样的问题，一起走进舞蹈，走进生命。有请今天这堂课的值日班长和三位课代表。

黄豆豆：

舞蹈家、上海歌舞团艺术总监，代表作《闪闪的红星》《醉鼓》《秦俑魂》等

班主任好，同学们好。我毕业于北京舞蹈学院。作为一名舞蹈演员，我们首先要做到的就是坚持练功、坚守艺德、坚定初心。

刘岩：

青年舞蹈家、北京舞蹈学院教授，代表作《胭脂扣》《瓷魂》《红河谷》等

大家好，我是刘岩。舞蹈是我一生的信念，坚持舞蹈就是坚持我的人生态度。

李德戈景：

舞蹈演员，《新舞林大会》年度总冠军，代表作《城市牧人》《鸿雁》《梦中的额吉》等

大家好，我是蒙古族舞者李德戈景，毕业于中央民族大学舞蹈学院。今天跟同学们共同上这一堂舞蹈课特别开心，有点重返校园的感觉。

王子异：

歌手，2018年《偶像练习生》获得第七名，代表作《灿烂之夏》《陪我冒险》《海》等

大家好，我是王子异。我非常喜欢跳舞，也想了解舞蹈背后的精神和力量。今天非常开心来到这里，跟大家一起上课。谢谢。

冯双白：

同学们好，这节课我们来讲一讲舞蹈。

当我们舞蹈时，我们在说什么

舞蹈究竟是什么？人们都说舞蹈是人类文明的母体和先声。如果你观察过刚刚出生的婴儿，就会发现一个有趣的现象：当婴儿睁开他美丽的眼睛看这个世界时，你同他说话，他是听不太懂的。但有一个制胜法宝可以跟婴儿沟通，那就是肢体语言。我们看到妈妈摇动一个拨浪鼓的时候，或者爸爸对着孩子做出鬼脸的时候，孩子就会有表情、有回应。在人类文明刚刚诞生的时候，祖先尚没有我们现在所用的语言来进行交流，但是肢体的语言已经可以让人和人之间达到某种程度的沟通，还可以让人对心目当中不可解释的大自然做出回应。比如天上有轰轰的雷声时，不明所以的人类祖先心中充满了恐惧，这时，他们的身体会做出一种独特的躲避动作。当一道闪电划过，森林中燃起了熊熊大火，人发现因为火而能够得到更好吃的食物时，就会产生出兴奋和喜悦。所以喜、怒、哀、乐，在语言还没有出现时，人体就可以把它们表达出来了，于是可以说，人类最早的语言，就是肢体的语言。

那么舞蹈究竟是怎样的一种艺术呢？在这里先同大家讲一段关于艺术的传说。《庄子》当中描写了一段黄帝的乐舞，乐舞的名字叫作《咸池》。据说，黄帝的乐舞《咸池》因独具特色，十分受民众喜爱。黄帝有一个大臣叫北门成，他就《咸池》这个乐舞请教黄帝。北门成问黄帝说，我不明白，为什么在听这个音乐时，一开始内心有些惶恐不安，后来有了慵懒和怠惰的感觉，再往后听着听着又觉得很困惑，最后到了茫茫然不知所以的境地？这是为什么呢？黄帝跟他解释道，《咸池》其实是按照天地的道理和人内心的情感，再根据四季的时序演奏出来的。

我们能看到春天来临时万物生长，再见到秋季万物逐渐萧条。所以这段音乐时而亢奋，时而收敛，时而凶猛异常，时而又和缓如流水般。在春天到来的时候，小虫子要苏醒了，于是这段音乐要用雷霆之声唤醒它，而且如雷电一样来去无踪，变幻莫测。所以你的内心感到惶惶不安，这是很正常的。乐舞艺术又是应天地的道理演奏出来的，所以它充满了生命的力量。当音乐来到山间的时候，山谷中就充满了生命的力量，当音乐流到低洼处的时候，低洼处就荡漾着美丽的波纹；当这个音乐流淌到我们生命的缝隙当中，我们的生命就慢慢体会到了平静；当音乐流向了万物，让万物协调，让阴阳相合，让天、地、人能够融为一体时，人会感到非常顺畅。因此你会感到松弛，松弛后就产生了一点怠惰。音乐又逐渐到了一个深不可测的地方，旋转着、回荡着、流淌着、运作着，你不知道它后面将如何发展，会到什么地方结束，于是产生了困惑。你似乎来到了一条无边无际的、没有前路也没有后路的大路当中，茫然地望向四周，不知道自己身处何处，这时，你让自己沉入了一个茫然无知的状态。处在这种茫然无知里，恰恰是完全敞开了胸怀去接受天地万物的道理的时刻。大家看，艺术能够让人在这样一种敞开胸怀的时刻，去接近万物当中最深刻的道理。

《庄子》当中对《咸池》的这一段描写，其实正说明了在我国古代，人们就对艺术抱有了深刻的认识：艺术来自大自然中生命的运作，来自人们内心的惶恐不安和追求前途的需求。艺术符合天地万物的运作道理，它跟阴阳、刚柔、动静、急缓，都密切相关。艺术让我们打开心灵，让我们沉浸在生命的喜悦和对生命的探索当中。舞蹈艺术也是这样一种艺术，它让人用身体沟通天地万物，让人们内心求得真知，让我们敞开胸怀去接近生命的本质。

我曾经在青海省黄南藏族自治州的隆务河流域做过一次长时间的田野调查，在当地生活的藏族同胞有一个非常古老的仪式，叫作“六月会”，用来祭祀山神。在这段时间，隆务河流域各个村庄里所有的男人都要为祭祀活动跳舞，离家在外打工的男人也必须赶回来。他们手拿一个名为“龙鼓”的圆形的鼓，一边用一支鼓槌敲击，一边跳起舞来，表达对山神的敬畏。

在这个仪式上，所有人都表现得极其端庄、神圣。为什么呢？因为他们知道在这一刻，舞蹈绝不是我们通常的概念里的“娱乐”或者所谓的表演，而是他们对生命的独特表达。更独特的一点是，每个男人要在舞蹈当中经受一次审判：他们会用一根细细的钢钎穿向自己的脸颊或者后背，并坚信，如果过去一年你没做过违反本民族道德的事情，那么当钢钎穿过时，就不会流血。

当我与藏族同胞一起参与这个仪式时，他们的歌声把我完全淹没了，歌舞艺术不单是一个外在的、观赏的对象，它还可以成为一种真实的、有力的生命的方式。这种生命是和动作结合在一起的，是和世世代代的祭祀仪式连接在一起的，也是和整个民族的传统力量结合在一起的。这个古老的祭祀仪式，包含了藏族文化当中隐秘却独具力量的部分。作为一个观察者，如果没有一份对文化的敬畏，只是把舞蹈看作一项纯粹的娱乐，你就不能理解它，也无法走进这些藏族同胞的内心世界。

我自己深刻地体会到舞蹈艺术最美妙、最有力量的地方，就是它从远古走来，一直到今天，仍然存活在我们的文化基因里面。我们都知道，赵、钱、孙、李、周、吴、郑、王，我们根据自己的姓氏，就有可能知道我们生命的起点在哪里。但同学们想过吗？我们除了生物的基因以外，还有大量的文化基因隐藏在我们肢体语言里。

我们在构建自己时，会建立自己独特的文化。文化基因是最深刻的，隐藏在不可言说的传承里面。所以舞蹈给我们带来的是丰富、久远的历史的力量。中国56个民族都有非常丰富的民间舞蹈，因为文化基因会传递到我们每一代人的身体上。所以，如果大家知道了文化基因的力量，就会对舞蹈产生莫大的兴趣。也许你很胖，也许你很瘦，也许你的韧性不那么好，小时候也没有打下舞蹈基础，但是不要紧，文化基因给了你跳舞的权利，每个人都可以跳舞。

探戈舞为何总是突然甩头

接下来我们来谈舞蹈的独特魅力。芭蕾舞剧《天鹅湖》中有一段非常有名的舞蹈，名叫《四小天鹅》。它带给观众的芭蕾舞的美，到底美在什么地方呢？换句话说，在观看《四小天鹅》舞蹈时，我们看到了怎样的艺术之美呢？在我看来，《四小天鹅》中有一个最基本的动作，就是不停地立起脚尖。这是芭蕾舞非常鲜明的一个特征，它是一种向上的力量。芭蕾舞演员都知道，当在做芭蕾舞动作的时候，好像永远有一个力量从头顶把自己向上无限牵引着。《天鹅湖》的故事里少女们被魔法所控制，她们无法从天鹅变回人形。在《四小天鹅》的这段舞蹈中，四个舞者手始终拉在一起。虽然她们能够左右跳跃，却永远被束缚着。《四小天鹅》之所以成为《天鹅湖》中打动了所有观众的经典舞蹈，在我看来，是芭蕾舞表达了一种挣脱地心引力、挣脱束缚的独特的审美。紧紧捆住的双臂，象征天真烂漫的小天鹅被牢牢地束缚着，束缚和挣脱、困境和解放、现实和梦想，就这样交织在一段舞蹈当中。这段舞蹈带给人们深刻的体验。我们知道芭蕾舞诞生在欧洲的宫廷中，在那里有王子和仙女的文化语境，同时，像《四小天鹅》这样的舞蹈还深刻地碰触了人的生存困境，这是一种独到之美。

说到舞蹈，我们容易想到爱情，有一种舞蹈跟爱情紧密相关，那就是

《天鹅湖》演出现场

探戈舞。探戈舞中有一个非常经典的动作：在男伴和女伴互相搂抱、向前移动的过程中，突然之间会有一个甩头的动作，这是为什么？根据文化学者考证，探戈舞跟爱情的紧密关系，源于探戈舞的诞生地——拉丁美洲。拉美是一个热情似火的地方，是爱情之火熊熊燃烧的地方。但是，爱情也许来得快，走得也快，所以男舞伴把女舞伴紧紧地搂在怀里的时候，他就不再看自己的舞伴了，而要看周围的情敌。舞蹈语言就是这样微妙地表达着特定的文化。说起爱情，我们也要提到西班牙的弗拉门戈舞。舞娘打起响板，做着华丽的动作，在她们的动作里，可以看到弗拉门戈舞和斗牛士的生活有紧密的联系。弗拉门戈的舞蹈动作，身体大多是紧张地拉开着，手臂与腿绷得紧紧的，一边还嗒嗒地打着响板，给人一种狂野的张力。西班牙斗牛士的力量，舞娘的热情奔放，它们结合而成的爱情的力量在弗拉门戈舞中表现得淋漓尽致。如果我们将来有机会到西班牙去旅行，一定要到小酒馆去，看西班牙的这种独特舞蹈，或许到那个时候，我们就会明白看着舞蹈时心里也在燃烧的感觉，而爱情也是那样炙热的，像会烧掉一切。

说到舞蹈和民族文化的联系，我们也必须要谈到自己的民族文化。现在全国所有艺术院校的舞蹈系，至少有一门课与蒙古族舞蹈相关。蒙古舞在民间受到欢迎，尤其是蒙古族男人的舞蹈，他们总能把舞跳得有滋有味。为什么会这样呢？让我们设想一下，在天地之间茫茫一片的大草原上，视野中没有其他人，也许要骑一天马才能碰到一个蒙古包。那儿相当辽阔，人却非常渺小，而且容易感到孤独。但是我们看到的蒙古族男人，总会一个人策马扬鞭，自信地向着远方驰骋而去。尽管不知道暴风骤雨是否即将来临，这个孤独的男人却毫不畏惧，这样的男人难道不可爱吗？我们看蒙

课代表李德戈景在现场教同学们跳蒙古舞

古舞里男人的舞蹈，他们的潇洒、松弛，信马由缰的自信和发自内心的自豪，会给普通人许多生命的启示。

中国人有自己独特的身体文化，比如两个中国人相见，男人一定要做抱拳礼或者叫拱手礼。抱拳礼是右手握拳，拳眼对着胸口，左手再轻轻靠在右拳上。要谦虚地行出这个礼，所以拇指要微微屈着靠近自己的掌，以表示尊敬。需要特别注意，左手大拇指不能跷起来，不然就有狂妄之意。如果是对长辈或者位高权重者，拳还需要举得高一些。中国人的身体文化、语言还包含了对天地人的独特认识。“云手”被称为中国太极拳的母式，即太极拳原初的动作。云手不只是手部的动作，它还包括身体的旋转，重心的转移，甚至还包括某种身体韵律的变化，这是我们中华文化中独特的部分，也是其魅力所在。于是在我们自己的文化当中，我们可以看到自己文化的独特性，还有那些不可言说的部分。

舞蹈是能“听”到的

我曾经创作过一部舞剧名叫《妈勒访天边》。“妈勒”，在壮族话中是“妈妈和儿子”的意思。说起来有意思，世界各国的语言各不相同，但是在称呼“妈妈”这一点上，全世界都一样。“妈勒访天边”，就是说妈妈和儿子去寻访天边的民间故事：在一个壮族部落里，人们生存的环境阴暗、潮湿，篝火总是熄灭，所以部落决定派一个人去天边的太阳那寻找永不熄灭的火种。那么该谁去呢？老人说自己经验多，年轻人说自己年轻有力气。这时，一个怀着孕的妈妈说，别争了，我去吧，因为谁也不知道天边到底在哪里，谁也不知道太阳升起的地方在哪里。所以，如果我走不到，我的孩子可以继续走下去。于是怀孕的妈妈上了路，在路途中，她在大自然里生下了自己的儿子。儿子一天天地成长，他也能帮助妈妈和豺狼虎豹搏斗了。妈妈慢慢老去，最后死在了儿子的怀里。

当舞剧创作到妈妈死去的时候必须有一个真正动人的地方，于是我们就开始为这个时刻编一段独舞，但无论怎么编，似乎都跟生命最本质的东西不相关。大家冥思苦想，不得结果。有一天演员杨云涛突然记起自己一位十分亲近的长辈去世时，莫名其妙地发生了剧烈的胃痉挛。后来他把这样的生命体验放进了这个作品里，形成了一段动人心弦的男子独舞。当妈妈去世的时候，这个壮族的儿子静静地跪在地上，慢慢慢慢，他的腹部开始一点一点发生越来越剧烈的抖动，最后，跪在地上的他突然腾空而起，又重重摔落到地面上。

当这段舞蹈出现的时候，我们所有人都被感动了。原来舞蹈就来自真正的生命体验，相比之下，编造出来的一些花里胡哨的技巧，在真实面前全都黯然失色了，因为它们永远无法言说那种只能发自生命深处的东西。

舞剧《妈勒访天边》剧照（图片源自节目资料）

儿子后来继续前进。他碰到了一个女孩，她名叫藤妹。藤妹遇到了这个英俊彪悍的男人，瞬间就爱上了他。两个人干柴烈火一样相爱了。在这段双人舞里我们又做了有意思的尝试，让两个人紧紧缠在一起，把生命的爱展现出来。当然，他最后还是要继续走，他不可阻挡地要去寻找太阳升起的地方。后来，藤妹和所有族人追寻着他的步伐，也一起去寻找太阳升起的地方。舞蹈艺术，就是能以这种美妙的方式展开情感的天地。

我想，每个民族都有自己的舞蹈，每个民族都有自己的独特的艺术，它和生活、习俗、各地的环境都紧密联系。如果你驾车行驶在新疆的公路上，可能好几个小时都不用打方向盘，而路旁就是一望无际的戈壁滩，没有一点生命的迹象。但当地势渐渐低下去时，你会发现青草出现了，绿树出现了——原来你到了绿洲。一天的舟车劳顿，你已经又饿又渴。夕阳西下，你突然听到了美妙的歌声和鼓声。这个时候，不要犹豫，若是直接走到响起音乐的庭院里去，新疆的朋友们会大方地与你分享食物。在大家一同享用完晚餐后，就有人跳起舞来了。新疆的女孩子梳着满头细细长长的辫子，迅速旋转着，瀑布一样的辫子散开成一圈，她会在某个音乐节点突然静止住，她的目光穿过长长的睫毛，就像闪电一样直击人心。

我们再来看藏族舞蹈。人们日常穿着厚重的大皮袄，在太阳升起后就会把皮袄甩开，甩起袖子跳起舞来，那时候你会觉得藏族人民既朴实善良，又充满了内在的力量。

中国的56个民族，每一个都有自己独特的艺术表现，而舞蹈艺术就是一个妙不可言的，与人的生命体验、文化基因密切相关的，甚至能同祖先心灵相连的表现形式。让身体直接表达我们内心的情感，我认为舞蹈艺术的美正在于此。这也就是许多人坚持在舞蹈这条路上不回头的原因。当然，所有的人都有舞蹈的权利，因为舞蹈和我们的心是在一起的。

改变留守儿童的人生

在这一堂课中，我们再来谈谈舞蹈的力量。我想用三句话来说明我所认识的舞蹈的力量。

第一句话，舞蹈是能改变人生的一种生活方式。我们的生活方式有千百种，但如果你和舞蹈结缘，它就可能改变你的人生。舞蹈就是这样一种独特的艺术，它不是一种简单的娱乐，而是让你在身体的学习和探索中慢慢地去接近某种境界。当你日复一日年复一年地学习舞蹈、学习打磨自己的身体时，生活会不知不觉地发生改变。

我所看到的一个发生在甘肃省酒泉市玉门地区的故事，就是舞蹈改变人生的例子。从兰州到玉门，坐车大概要六七个小时。玉门地区有很多盐碱地，土地寸草不生，自然环境不佳，生活环境艰苦，许多人为了生活外出打工，而没法带走的孩子就留在了家里。因此，在玉门的一些学校里，我们碰到了许多留守儿童，他们长期得不到父母的关怀，很难有机会得到母亲的拥抱或者父亲轻轻地拍拍肩、抚摸头这样的鼓励，所以这些孩子常常会感到孤独，同时也有些冷漠。

中国舞蹈家协会开展了一项叫作“新农村少儿舞蹈美育工程”的工作，希望把舞蹈带给所有生活条件不太好、教学环境比较差的农村地区的孩子。我们从 2005 年开始启动美育工程，至今已经十五年了。这一计划受到了孩子们的喜爱，对于这个来之不易的学习舞蹈的机会，他们十分珍惜。

舞蹈老师来到了玉门一个学校的时候，学校工作人员告诉老师说，原则上学校里所有的孩子都可以自愿学，但一定要把其中一部分男孩子挑出来单独教，因为他们太调皮了，全校老师都管不住他们，这些男孩被称作“问题男孩”。

老师来到了问题男孩当中，开始教授舞蹈。第一堂课，他刚刚说了几句话，一个男孩就突然倒在地上，满地打滚说：“老师，我肚子疼！”老师吓坏了，赶紧跑过去看倒在地上的男孩。没想到老师刚刚蹲下，全班的男孩一起倒在地上高喊“老师，我肚子疼”。老师气坏了，知道这些男孩在捉弄他，向他挑衅，于是他站起来向教室门走去。老师刚走到门外，男孩们便放声大笑，觉得自己胜利了，因为他们又成功气跑了一个老师。没想到，老师在门口停下了。他对自己说：“我要是从这里走出去，我就失败了。我是一个美育工作者，我这样走出去就是放弃了美育。我不信，我要再试试看。”他又回来了，男孩们都傻了，怎么可能这样？但是，这位舞蹈老师坚定不移地教授这些孩子，耐心地陪伴他们，只要学会了一个动作就给他们鼓励。慢慢地，这些男孩真的变了。在其他的课上，他们很难得到老师的表扬，但是舞蹈老师总会因为一点点的进步就表扬他们，他们内心感到获得了尊重。

另外，还有一个对青春期的男孩们来说很重要的事：当这些男孩学习跳舞后，他们的身体语言发生了变化，原来并不在意他们的女同学开始投来羡慕的眼光，这让男孩们觉得很得意，于是就更努力地跳舞。他们跳得越好，老师越是鼓励他们，于是他们越来越爱跳舞。最后他们在跳舞当中竟然寻找到了自己的价值：我会跳舞了，老师和同学都很欣赏我，我很棒。

在这些孩子当中，有一个男孩，他的父母都已经去世了，只有他的叔叔代管着他和妹妹。兄妹两人生活在一个破旧的小屋子里，每年都要靠挖冬虫夏草来补贴生活。男孩在学跳舞之前，不知道自己生活的出路在哪里，但在学了跳舞之后，他一心一意地学习舞蹈，相信舞蹈可以改变他的人生。他努力地练功，想去一个真正的舞蹈学校专业地学习舞蹈，最后成为一名舞蹈家。这个挖虫草的小男孩，现在已经成为兰州一所艺术学校舞蹈专业的学生。舞蹈就这样改变了他的人生。印度有一句关于舞蹈的名言：手指向哪里，眼睛相随着；眼睛看向哪里，心灵相随着。舞蹈艺术就是这样把手、眼睛和心灵结合在一起，去追寻梦想的一种生活方式，它特别美。

我再跟同学们分享一个故事，那就是这堂课的课代表——奥运英雄刘岩的事迹。她为了舞蹈，从内蒙古来到了北京，登上过舞蹈的最高领奖台。当她为北京奥运会排练遭遇意外受伤，不能再跳舞后，我们每个人都心疼极了。后来，她在图书馆一坐就是一天。这样持续了许多个月后，她考入了中国艺术研究院。她想要做手舞的专题研究，填补中国舞蹈研究的空白。刘岩被称为“奥运英雄”，不仅仅是因为她为奥运会做出了巨大的贡献，更因为作为一名奥运奉献者，她把生命不屈、舞蹈不止的形象向世人展现，用艺术的方式获得人生的力量，这是真正的奥运英雄的精神。

舞蹈连接我们的文化基因

第二句话，舞蹈是认识文化传统的一种探索途径。举两个我自己创作的例子。

在编排《风中少林》这个舞剧的时候，我脑海里全是关于少林的传说，比如“一剑封喉”“两指禅”等神秘而强大的武功。但等我到了少林寺，才发现我之前全错了。“少林拳，拳打卧牛之地”，少林的武功可以在牛卧着的地方打出全套的拳法。原来少林的武僧首先要学习禅宗，然后要面壁深思。在山洞里，面对冰冷的岩体，僧人坐久了会不适，为了让身体中的气血运转起来，他们摸索出一整套让身体运行的方式，于是就有了少林的武功。也因此少林所有的拳理，都是为了保护生命的，而不是打打杀杀。少林的棍僧之所以手持木棍，是因为在战争中持木棍可以伤敌、退敌，但是持铁器就会取人性命。少林的武术里，保存了保护生命、尊重生命的深刻道理。

这个时候我才知道，原来真正的力量来自保护生命，这直接影响了我整个剧本的走向。在舞剧的结尾部分，入侵者被少林武僧打败了，但是他们没有被“杀伐”，所有少林的武僧们只是连同秋天的落叶一并把敌人扫出了自己的家园。一次，我问少林一位大武僧什么是禅，只听他说：“清晨太阳升了起来，冬天的雪地上留下了一行兔子的脚印。”我没有明白，便继续追问。大武僧又对我说：“一只飞鸟掠过山林，鸟叫声在树叶上跳荡。”对我来讲，如果没有舞蹈，我不会去关注少林文化，如果没有舞蹈，我不会与少林武僧相见，更无法与他聊天，如果没有舞蹈，我就不知道生命在中华传统文化当中占有多么重要的位置。

我还做了舞剧《水月洛神》。洛神传说源自曹植在哥哥曹丕的威逼之下作《七步诗》的故事。在创作的过程中，我慢慢地体会到，哥哥曹丕要自己的弟弟曹植作《七步诗》，其实无论曹植做不做得出来，曹丕都想杀他。到了这部剧的最后，演员需要朗诵《七步诗》。刚开始，他好像只能按照普通的朗诵办法来，但这样就无法和身体语言结合在一起，大家都陷入了苦恼中。我们请教了饰演过曹植的著名话剧演员濮存昕，他告诉我们，在他读《七步诗》的时候，体会到的非常重要的特点是人物精神的崩溃。他认为曹植可不是洋洋自得或者摆弄才华才说“相煎何太急”，而是曹植在这个时候精神几乎崩溃了。

舞剧《水月洛神》剧照（图片源自节目资料）

受到这个独特体验的启发，我们让舞蹈演员在朗诵诗歌时配上了全部的身体语言：他认为自己必死无疑，所以几乎是狂烈地喊出了生命最后的声音，再瘫倒在地上。观众在这时被深深打动。

在经历这样的艺术创作和艺术处理后，我内心慢慢体会到，舞蹈艺术是可以帮助我们去贴近文化传统的。所以，如果你接近舞蹈，学习舞蹈，深入地去探索舞蹈，就可以和我们文化当中最有力量、最深刻的部分连接在一起了。

舞蹈值得每个人去拥有

第三句话是，舞蹈是照亮生命的精神火炬。在汶川大地震后，中国舞蹈家协会派出了小分队深入灾区演出，希望能用艺术的力量来给灾区人民一点安慰，帮助他们振作起来。

在表演节目时，我注意到了一个现象。表演场地边上有一个小男孩，他坐在矮矮的凳子上，膝盖上摊放着一本大书，眼睛一直盯着它。就算在我们的节目演出时，他也从来没有把头抬起过一次，但他也没有翻过一页书。这个小男孩沉浸在不可言说的悲哀之中。表演团队注意到这个现象以后，决定想办法鼓励这些灾区的孩子。于是我们与孩子们一起做起了游戏，那个小男孩也终于抬起头来，最终加入了我们。

在演出后期，所有的舞者合唱起一首古老的羌族歌曲。歌声响起时，许多羌族的成年人都流下了眼泪。我们唱的歌越来越多，就发现人群中有人的表情从呆滞、僵化，慢慢地松弛下来，有的人甚至开始跟着唱，脸上洋溢起了温暖的笑容。后来，当一位演员拿起一杆红旗跳起《闪闪的红星》的舞蹈时，所有的孩子，包括那个小男孩，都目不转睛地看着他。我感到，艺术能够像一支精神火炬，在人生的至暗时刻照亮那些深不可测的黑暗空间。舞蹈艺术可以和内心情感相连在一起，它用肢体去感染别人，慢慢把人带入到美妙的生命体验中去。古老的羌族歌曲和《闪闪的红星》的舞蹈唤醒了生命最深处的力量，也许周围是黑暗无边的，但是，只要心底里小小的火焰还在继续跳跃，那么生命就有希望，未来就有光亮。就像高尔基描写的丹柯一样：他掏出一颗心脏，让心脏在浓密的森林当中燃烧起来，带领人们走出了黑暗。我们的舞蹈就是这样的火炬啊。各位同学，没有什么比精神的火炬更加重要了。所以艺术是人类精神的火炬，它可以照亮人生，特别是在黑暗到来的时候，特别是在艰难困苦的时候，特别是在似乎无法再前进一步的时候，艺术就是我们生命当中最最宝贵的光明的力量。

每一个人其实都可以走近舞蹈，跟舞蹈做朋友，让身体在舞动中去体验快乐。舞蹈艺术是一种独特的艺术，对专业舞蹈演员来说，它是经过无数专业的训练达到的一种至善至美的状态，然而它对我们很多人来说，实

课代表黄豆豆在《一堂好课》现场教授同学们舞蹈

际上是承载真、善、美的有机体。懂得舞蹈、追求舞蹈的知识和技艺，是一件非常高尚的事情。舞蹈可以覆盖人生命的全过程。这门独特的艺术值得让我们永远去学习、去追求。

康辉：

我们知道了舞蹈是对于生命、对于生活的独特表达。现实生活越是丰富复杂，舞蹈越会被赋予更多的意义。而我们希望舞蹈永远可以是人类最中肯的表达，可以永远传递着美，传递着善良，传递着生命当中的那些光亮。也只有这样，人们才可以更好地肩并肩、手挽手，去创造并享受美好的生活；只有这样，舞蹈才永远是人类最曼妙的姿态。

点亮思想之光，嘉奖向学之心。

《一堂好课》，我们下期再见。

表演课

主讲人　徐帆

演员，代表作：话剧《阮玲玉》《原野》，电影《不见不散》《唐山大地震》《青衣》等

康辉：

今天我想和同学们一起来上一堂表演课。说到表演，我们很多并不是从事演员职业的人也听过一句话：表演来自生活。那表演和生活的关系到底是怎么样的，它仅止于此吗？表演会不会反过来塑造生活呢？我们大多数时间都是观看表演的观众，但会不会也在有些时刻成为表演者本身呢？今天带着这些问题，我们一起去走近表演，洞识表演和生活的真谛。今天报名来听这堂课的同学特别多，所以我安排了一位值日班长，三位课代表。大家先来相互认识一下，同时也说一说你们对这堂课有什么期待。

李光洁：

演员，代表作《流浪地球》《遇见幸福》《悍城》

大家好，我是演员李光洁，喜欢表演让我更加热爱生活，也让我学会了过有创造性的生活。今天到这儿来希望能够深入学习、充实自己。

沈月：

演员，代表作《致我们单纯的小美好》《流星花园》

大家好，我是沈月，新人演员，入行三年，对表演怀有敬畏和热忱之心，希望在这里能够和大家一起学习，一起进步。

鄂靖文：

演员，代表作《新喜剧之王》

大家好，我是今天的课代表鄂靖文，我也是《新喜剧之王》中对表演如痴如醉的如梦。

高至霆：

演员，代表作《致我们单纯的小美好》《悍城》

大家好，我是演员高至霆，立志做一名好演员。今天之所以来到这堂课，就是想从前辈身上汲取一些经验，学习到一些知识。

徐帆：

同学们好，谢谢大家来听我分享。

表演七问

站上这个舞台，突然之间觉得好神圣。从节目组第一次跟我联系，一直到此时此刻我都是紧张的，不知道自己是不是有资格给同学们讲课，但是我愿意跟大家分享，把我平时常常想的问题和人们常问我的问题，通过这个讲台跟大家一起聊一聊。

第一个问题是，1994 年开始演出话剧《阮玲玉》，如今二十年后再一次演绎这个角色，感觉有什么不同？

我想说，心境不同。1994 年第一次演出《阮玲玉》的时候，对于故事、对于人物的感受觉得自己可以啊，这些都能做到，所以把好多人物情感的那些压力去简单化处理。而且，当时我记得自己经常会带着批判性来演这个角色，因为我想不通为什么人会走那样极端的一步，但是戏剧情节就是那样的，所以就那样去演了。演着演着好像也挺自信的。但是二十年之后，我们剧院又复排这个戏，因为好多的站位、台词大家都有些忘了，所以剧院会提供一些录像带给我们拿回去看。在这之前，我都很自信，觉得我对阮玲玉那个角色的塑造是没有问题的。但当我一看到录像，就觉得惨不忍睹。为什么要用这几个字来形容？因为我觉得那种表演好狰狞，所以就在想，这一次我该怎么去改变。

那个戏一开场的第一句台词是“爸爸”两个字。在 1994 年的时候，导演要求第一句台词是被我一下“砰”出来的，把这两个字用特别爆发式的情绪演绎出来。二十年前我做不到，因为我会跟导演讲很多的道理，为什么要喷发？为什么这样？永远有一堆的道理来反驳导演的要求。但在二十年后复排的时候，当我看到自己之前的那些表演之后，我意识到，当时导演的要求是对的。因为有时候我们在生活当中，在急得没有办法的时候，是会突然一下，好像要先把大家镇住，然后再来慢慢叙述自己的心情。

而且，我觉得二十年之后，心里可能比之前要放松很多，不再带着批判性去演这个人物，而更会融入角色的生活当中。因为有了经历，这些经历会让我觉得，在意的、不在意的都要一点点地往前推。可能在生活当中，对于个人来说这种心境很不好，会让人有阻力感，但是有的时候，把它运用在我的专业上，反倒是一个很好的经验和积累。

第二个问题是，为什么钟爱表演？它对日常生活有什么帮助？

我觉得自己特别幸运选择了这个职业，也有幸这个职业选择了我。可

《阮玲玉》剧照

能是性格的原因，我不怎么会聊天，见到那些会聊天的人，我很多时候都是倾听者。其实跟我一起工作的同事们特别不容易，每次工作之外，不出两句话，我一定会把天聊“死”。所以我羡慕那些会聊天的人，因为会聊天，就会有朋友，有朋友就会有交流，也会从交流中吸收很多的信息。这方面我特别欠缺。我觉得表演对于我来说，让我在生活中说不出来的话、做不到的事情，统统可以通过表演传达出来。

我不知道该怎么去形容，就是有的时候我脑子里、心里有满腔的热情、满腔的热血，但在现实生活中，这些我是说不出口的，常常会不好意思。但是表演时，我会尽量地把人物的想法化为自己的，结合自己的感受去说出来。因为我觉得她好像说的就是我的心里话，是积在心里好久但没有办法传递出去的东西，所以我实在是太爱表演这个职业了。

其实刚开始跟节目组沟通的时候，我以为是跟学表演的同学们做交流，后来才知道并不是，很多同学跟艺术这个行业也不挂钩。我一开始会有点发懵，可是又觉得很兴奋，因为我觉得这是一种相互刺激。其实我一边说话，一边在观察你们，把你们的表情全都刻在记忆里头，说不准哪一天我会用上它们，我觉得，这也是表演吸引我的一个方面。我会随时随地地观察，无论有多紧张，多不好意思，多自卑，把观察到的牢牢记在心里，然后在某一刻把它们抽出来。

因此，表演它不只是一个行业的事儿，相比表演本身，我们更应该学会观察生活的方式，或者说能迅速、敏锐地感受周边所发生的事情和一些人的状态，比如对方的情感。感受本身挺重要的，它可以激发人的感情，无论是感受自己，还是别人，乃至感受生活和这个世界。

我觉得生活和表演确实有一种互助性，当自己会表演了之后，在生活上我就觉得弱一些没什么不好的，因为我的专业——表演更强了。恰恰在最弱的时候，我就像海绵一样会吸很多的东西，它们都能用在表演工作上，这给我的感受还是挺深的。我觉得我所有的“争强好胜”可能都在角色上，在生活中我可以像一条虫一样的，谁都不注意我也没有关系，但是在舞台上，我一定是要有光的，一定要像龙一样。每一个人身上的发光点不同，我在表演上发光就可以了，生活中发不发光不重要。

第三个问题，常常有人问我，对于舞台、对于电影电视的这些表演，我的感受是什么样的？

人都说，人演戏不如动物，大人演戏不如孩子。其实在我 50 岁之前，我一直在跟这句话较劲。我觉得要是跟动物一块演戏，我不想让自己不如它。动物生动，人更该是生动的，因为人是高级动物。

跟孩子一块演戏的时候，有的时候会被孩子的那种天真、那种单纯的东西吸引，其实有的时候，大人演戏会想得过于复杂，从而呈现出特别烦琐的表演。我觉得，表演也好，画画也好，还有别的艺术门类也好，给看的人留一些空间去想象是很有必要的。所以我觉得，大人需要回归孩子的单纯。

刚开始演话剧的时候，我觉得千万不能出错，要一次成型，让观众觉得我的台词都说得特别帅气。可是现在，我的感受几乎是反的，我会想在舞台上不说话的时候，观众能不能也看着我？能演主角当然很好，可是我现在开始喜欢演配角，因为配角会让我更自如，可以让我有更多的观察。在我说话的时候或者我不说话的时候，那种对观众的吸引力是不是保持一致？有的时候可以在舞台上感受一下。

就像现在，我跟同学们在交流的时候，大家会看着我，虽然这是在录制节目，但是大家看着我的时候，会让我更加有自信和愿意跟大家交流。可如果大家人坐在这里，但脑子、心是游离的，或者是在玩手机什么的，会让我觉着自己真失败。在影视方面也是，原来我不在意，现在却很在意。

在意什么呢？那些影视拍摄中看监视器的人。他们有可能是导演，有可能是摄影，或者是录音，乃至一些其他部门的。因为影视跟戏剧不一样，戏剧大家一块上班，可能到了点大家就回家了，可是拍影视有可能是三个月甚至半年的时间，大家吃住都在一起，熟悉得不能再熟悉了，所以大家很容易在监视器面前懈怠。但是如果演员演得好，足够吸引大家，大家的眼睛是会看着这个监视器不愿意离开的。

人一辈子哪有永远唱主角的。我觉得人精力最旺盛的时期是中年，所以我们把这个时期称为“演员最好的时候”。但是演员会老，担心老了就没戏演了，我特别想说，那是因为你的准备不足，你要是准备足了，不可能没戏演。当然你要是说老了也要继续当主角，我觉得你可以回去看看自己的父母，他们说的那些话你还都会听吗？或者换句话说，没有人可以永远当主角。所以我觉得配角挺好的，父母年纪大了也没有什么不好，因为缺了他们是不行的。如果能把配角演好了，也是一件很了不起的事情。就像合唱表演，既然是合唱，就要听到全部统一的声音，我不知道这个比方打得对不对，但是我有这样的感觉。如果大家在合唱里头一定要听到“我”的声音，那“我”很失败，因为这不是独唱，而是合唱。所以我觉得每一个年龄段都有每一个年龄段的戏，因为你无法永远追求青春、漂亮，人是要老的。我觉得如果你到了 80 岁，人家说：“您真棒，精神状态还这么好！”这就是好的，也是美的。如果你才 25 岁，人家说：“您 40 了吧？”这样就太糟糕了。所以我觉得，做什么都恰如其分就好。

要驾驭观众，必须有感受、有经验，参演作品的数量是很重要的。如果你只演了一百场话剧，是感受不到观众气场的；演了几百场话剧，能感受到观众气场的也仅限于少量的演员。但我觉得倒不用把注意力放到怎么感受观众的气场上，而应把注意力集中在怎么展现人物和故事，那样气场就会来找你。由此，大家该能了解到如何感知和释放气场了。年轻的时候不要过早地去想年老的时候的事情，先奋力地往前跑，我觉得这一点很重要。

我就是这样子。记得刚开始当演员的时候，容不得自己去选择，因为能有一个戏演已经很好、很不错了，所以在那样的起初阶段，我是不选择的，但恰恰是这种不选择锻炼了我，使我能触碰到各种各样的角色。不过后来，当我能跟对方讲一点条件的时候，我就会选择一下，拒绝一个角色，或者要求演那个角色。总而言之，就是先把自己的门打开，然后再去做选择。要是一开始就挑三拣四，那可能一辈子都演不了几个角色，因为中国有的是演员，可选择的演员太多了，所以容不得你一开始就去那么选。我就是这样，一开始是绝对不选角色的，只有角色选我。

我们确实会遇到不好的剧本、不好的导演、不好的对手，所有的人都认为好的没让我碰上，不好的全让我碰上的时候，这种事是最难解决的。可是，一名演员在这种时候就不去演这个角色吗？这个角色身上就没有一点东西能够打动我吗？所以我觉得难与不难、好与不好都会有反作用力，在不好的时候得想办法让自己相信它。在自己认为坚持不了、做不了的情况下，这个事情你可以选择不做。但是当你选择做的时候，就要调动一切积极的情绪也好、信心也好，推着自己往前走，这种东西是要自己主动的，别人拽是拽不了的，也帮不上忙。我不喜欢把所有的事情、特别是不好的事情都推在别人身上。首先，我觉得推在别人身上其实也解决不了什么问题；其次，关键还是要自己去做，发挥自己的强项，并把做得不好的地方变成动力。

第四个问题是，演员演戏如何做到演什么像什么，需要怎样去努力？

我想，学会感受生活、观察生活和体验生活，这个是最最重要的事情。因为积累很重要，积累有助于你在需要的时候把演技迸发出来，就是把你的经验，把平时所有留意的东西，在要调用的那一瞬间，通过不经意的手段展现出来。我觉得那样会让表演展现出力度。

有一次，我参加了一档电视节目的录制，就是去贵阳山区跟一些小孩子交流，给他们讲课。参与那个节目其实对我的触动挺大。那里有一个小姑娘，家里很穷，母亲离家出走了，父亲到城里打工去了，她从小就没有父母的照管，是跟着爷爷奶奶长大的。那个孩子老是抓着我的手，而且会抓得特别紧。我问她："孩子，你为什么老是抓得这么紧？我的手都出汗了，你有没有出汗？"她说："有。我就是想摸摸你。"我当时心里一愣，私下里就开始了解这个孩子的家庭情况，节目组给我介绍了以后，我就希望到她家里去亲眼看看。当时节目组还挺为难的，因为去到她家有将近一个小时的路程，那个孩子每天都坚持这么来回上学。

我到达她家的时候，那个孩子已经先到家了。我就看到那里竖着两栋房子，一栋是她们家的，一栋是另外一家的。另外那一家一看条件就是很好的，房子也修得很好，而她们家的房子给我的感觉像"白毛女"住的，是杨白劳家的房子。

之前这个孩子在见我的时候，一直都是笑着的、高兴的，我以为这次在家见她的时候，她不会那样高兴了。但我想错了，她见到我仍然是满脸的笑容，说："徐阿姨你看，这是我家里的花园！这是我家里的动物园！你再看这个，它是我的好朋友。"我当时真的不知道该怎样去形容我的心情，因为她说的花园就是菜地里的几棵菜；动物园就是她家门口的两只小狗，好像还有两三只羊；泉水则是她的爷爷一点一点从特别远的地方接过来的一根自来水管，那根水管正在一滴一滴地滴水。她还说，她每天都要跟她的动物说话。我就问她："每天走这么远的路去学校，你为什么要去呢？你有时候可以不去上，比如刮风下雨什么的。"她回答说："徐阿姨，我不去上学，能干什么呢？"我说："什么叫能干什么？"她说："我在家里每天面对着爷爷、奶奶，也不知道该说什么。其实，他们有的时候唠唠叨叨，说得我也挺烦的。"

那时候我就在想，人在悲痛的时候，尤其是感觉特别悲凉的时候，也是可以笑的，我原本是无法理解的，但是在跟这个孩子交流了以后，我能够理解了。有的时候，在生活的同时观察生活，才能慢慢地感受到这种细节。

在拍电影《一九四二》的时候，因为那个戏是讲饥饿问题的，所以每个演员都在减肥。我觉得对于整个影像和人物塑造来说，减肥固然是很重要的，但最重要的是在减肥的过程当中，人才能体会到剧中人物饥饿时的呼吸感。如果没有减肥的过程，我是无法体会的，包括人在饥饿的时候，是没有尊严的，特别是最饿的时候，最没尊严，这一下子就让我从单纯的减肥当中体会到了生命的意义。我觉得其实好多演员是从所有的经历当中，慢慢体会到了生活中的易或者不易，然后把它慢慢地积累起来，最终在演出的过程中通过角色一点点地传递给观众。另外，我觉得，演戏有时候不光是给观众看的，也是给自己看的，因为在某一时刻它会让我审视自己。这个人物是这

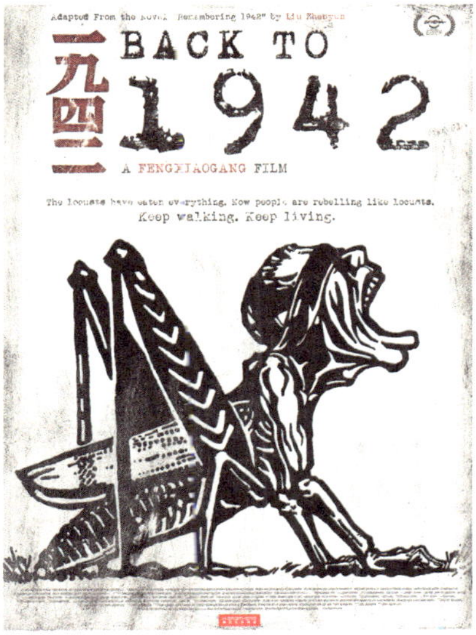

电影《一九四二》海报及剧照

样的，我要不要也这样生活？我要不要也这样去想问题？我特别庆幸的是，好多的人物带给了我好多不同的生活感受。这种体验不光是对于我，应该对于每一个人来说，都应该是一件很重要的事情吧。

我第一次学戏曲的时候，是在一个艺校里。当时学戏学了有一年的时间，之后老师说我们要汇报演出，就像真正的京剧开演，需要准备好各种装扮。我记得那一次我演的戏叫《二进宫》，那是一个以唱为主的戏，当时我上场之前就特别特别紧张，紧张到手都会哆嗦，现在回想起来都觉得好笑。那次演出一上台，大幕一拉开后，我整个人的兴奋点就不一样了，虽然还是很紧张，但是唱了两句就突然觉得我好重要。其实，人在生活当中不被人注意的时候，是会感到一些失落的，但被人注意了就会有一种生活特别美好的感觉。在那一次演出结束之后，老师问我："你为什么头老这么仰着？是不是觉得头太沉了？"因为演京剧头上需要戴假发套和装饰品。我现在回想起来，不是觉得那个头沉，而是觉得很开心、很骄傲，因为我演的是一个皇后娘娘，虽然可能当时的表演不是特别准确，但心里就是乐开了花的感觉。

我现在表演的方式也好，还是其他什么也好，其实受到林兆华导演的影响很大。从进到剧院以后，我就一直跟着他在排戏。在排练的时候，他会跟我们说，演员的表演要像提线木偶一样。为什么说像提线木偶呢？就是有的时候演员是木偶本身，有的时候演员又是那个提木偶线的人，也就是你得一会儿进入角色，一会儿离开角色，这种进出的速度越快，说明你的表演能力越强。体验这些东西会让演员更敏锐。这句话一直影响我到现在。你可以说它是感受力，也可以说它是技巧。我们在学校上学的时候，老师会让同学们都瘫坐在地上，然后问，你现在是一只什么样的动物？比方说你是一只鸟，那应该有什么表现；或者说你是一只熊，又该怎么样表现，等等。这种训练既要让你表演某种动物，又要让别人看一眼就知道你在演什么动物，与此同时，学会放开自己，而不被别的东西捆绑。演员在演戏的时候，有太多杂念就会让人觉得太冷静，其实有的时候不需要那么冷静。演员可以冷静地去分析，但是在表演的时候，也可以尽情地发挥自己所想到的、所感受到的。如果每一个人物都能被演绎得生动鲜亮，那么观众记住人物本身就行了，不用记着演员，因为有人物在的时候，演员本身就一点都不重要了。

我觉得，每个人理解和分析角色都有不同的手法。有的人可能会听音乐、看图片、翻阅资料，这些东西对于他来说，是进入被创造人物的一种方式。但是对我来说，可能就是观察生活和体验生活，在我真正想要用的时候就能随时调用，就像脑子里有个图书馆一样，所有的书都在里面，需要用的时候就只在那一栏、那一类型里面去抽出来就好了。因为我觉得我的脑子就是生活的图书馆。

第五个问题：表演需不需要学习？技巧对于演员来说有没有必要？

我觉得如果同学们喜欢做演员，有机会加入演员这个行业里来的话，还是受一些专业训练会比较好。为什么这么说呢？因为我在没有上大学之前，已经参加工作了，当时觉得大学上不上无所谓，为什么要在大学里耽误那个时间呢，用自己的方式去演戏就可以了。但是当我真正到大学里去学习这个专业的时候，我才明白它的好处：老师会教给你技巧。而当你从学校毕业的时候，你是带着技巧出来的，只需要在实际表演中去运用你的技巧就好了，不用去走那些好长的、曲曲弯弯的路。当然，要是没有学的话，自己去摸索也很重要。我觉得演员这条路，各种方式都可以到达你想要到达的目的地，但是尽量地去学还是好的。

比方说，我学过戏曲。戏曲对于我来说，一直到今天都是支撑我表演的一个很重要的方面。因为戏曲所有的基本功——唱念做打，都是在有节奏、有伴奏的过程中表现出来的。现在，当我在话剧舞台上时，它明面上没有锣鼓点和那种器弦乐的伴奏，但其实演员自己心里，还是要有节奏把握的。如果一味地不停地叨叨，就会让观众觉得索然无味。如果表演有节奏感的话，观众就会听得有兴趣，这个戏对我来说就没白演。让表演变得生动就是戏曲训练带给我的好处，它是一点一点积累起来的，从 11 岁一直到 13 岁，虽然我学的不多，但是这些对我到今天都是好用的。所以我也希望同学们在学习自己的专业知识范围之外，也稍微扩充一下。

再比方说，训练自己的气息。当你的气息真正地沉于丹田之后，你发出来的声音会特别洪亮和瓷实，也会带给你自信。但如果你的声音老是飘在上面，大家听着就会不舒服，讲着讲着也会觉得自己越来越“小”。所以我觉着演员要把自己变“大”，还是要有气场。

第六个问题：有人问我，在表演过程当中有过瓶颈期吗？

从11岁在戏校学戏，一直到现在，我能特别骄傲地说，没有遇上过瓶颈期。但是在2006年到2009年这三年期间，我几乎没有工作，因为那个时候我在照顾女儿，女儿特别小。三年以后，我接拍的第一个电影是《唐山大地震》，我当时突然一下子觉得：怎么我的生活变成了一种全新的生活？因为我在照顾女儿的那三年当中，几乎放弃了演戏，那个时候我的工作状态完全是零。那时我满脑子想着，怎么样要把女儿的身体养好，一点一点地看着她长大。那时候我女儿身体不是很好，所以几乎是一个星期要去两次医院。在一个月的时间里，我就把北京市各个好医院的儿科大夫都迅速地认识了。但是这三年对于我来说，是特别有意义的三年，看似放弃了表演以及工作上的这些事情，但实际上生活本身充实了我。在演《唐山大地震》的时候，别人都说我演得好，但说心里话，我就觉得自己根本就没有演，这就是我对于孩子的一种表达。可能在看电影的时候，大家印象最深

《唐山大地震》剧照

的戏是：三十二年之后，女儿重新回到家里，我饰演的母亲给女儿下跪。可是在我的心里，给我印象最深的是：在剧中的废墟上，人家问我是救儿子还是救女儿？我觉得在那一刻，我既感受到了妈妈的感觉，又感受到了女儿的感觉。那又为什么说是全新的生活？因为我突然一下子就觉得，虽然以前演的那些妈妈、那些媳妇也挺好，但是有了三年做母亲的经历之后，就让我有些看不上了。再回过头来看看以前演的那些人物，其实是缺乏生活历练的，我想是因为之前没有体验过这种生活，所以才要特别卖力地去演。现在我觉得自己已经是一个母亲、一个妻子，所以从现在开始，就慢慢地把这些自己原本的身份自然而然地融入扮演的角色中去。

我在演戏上没有挨过骂，但在私底下，我被说过。在刚开始拍电影的时候，演员有很多的时间其实都是在等待，因为灯光师、摄影师要调光、调机位等，所以演员在现场大多时候会睡觉，或者是眯着眼。有一次，我们几个演员在那里“东倒西歪”地歇着，有一个摄影师跑过来就说：“干什么呀？都这么睡着，睡什么觉！”在那一瞬间，虽然他不是特意在说我，但是这个话我是记在心里的。作为演员来说，我觉得平常的时候去养精神没有什么不好，但是在摄影师的眼里，他就觉得你不要在片场睡觉。为什么呢？我后来慢慢地跟人家接触，开始敢跟人家聊天的时候，摄影师就告诉我，其实人睡觉的状态是一种最松懈的状态，它会让整个人显得不精神，当你带着这种状态突然走到镜头前，镜头会很不客气，它能够看到你是强装精神。“打起精神来”和“本身带着精神来”是两种概念，即使有的演员休息和拍戏的切换状态非常好，但皮肤还是会有那种刚睡醒的浮肿感，这对于演员的形象来说还是不利的。

第七个问题：你追求的表演状态是怎样的？

其实在这之前我也经常会问自己，到底喜欢一个什么样的表演状态？

表演要像绘画一样给观众留白，这个很重要。有的时候我们不在意这个留白，就是想从这个点到那个点，要把整个过程演得很清楚，但是，其实清楚的过程在我们心里准备好就好。真正表演的时候就要迅速地传递，让大家体会到一种似有似无的感觉，我不知道该怎么形容，就是让人觉得你表演的时候会有“厚度”。

当然，有的时候导演的要求演员做不到，只能尽可能地做到多少是多少，只要内心深处情感是真实的就好。在那一瞬间，你甚至不要把导演放在眼里，要仿佛旁边没有任何人。演员能够当众孤独很重要。这对于演员来说很难，但是必须要做到。因为现在的这种演出环境，各种杂音都会影响到演员的表演，但是没有办法，在任何环境下，演员都要完成演出。我刚才说到的关于动物、关于孩子的表演，在50岁之前，我是真的跟这句话在较劲的。但到50岁之后，我真的就放下了。放下不是说放弃追求了，也还保存着一点点。我觉得可能是人物的洒脱和气质会更吸引我一些，让我更好地在人物上给予一些“透气”的东西，这样让我和观众之间也好，还是对于这个角色也好，都有一种平静如常的亲近感。我觉得扮演一个人物，即便他是个乞丐，也是要有气质的。比如演丐帮帮主的话，可能在街上大家看到的他会比普通的乞丐更寒酸，但是一旦他处在帮主的位置上，说的话一定是有号召力、有气质的。所以我觉得，无论是通过生活也好、工作也好，演员要一点点地体会每一个人物身上特定的气质，这是必须的。

有一天我跟导演在聊天，谈到自己对于咏叹调有了一个新的感受。原来我觉得咏叹调只是用于音乐，在舞台上用于抒发人物的情感。但现在我觉得，其实生活中我们每一个人心里都会有咏叹调，只是说这个词在舞台上被强调了一下。哪怕有的时候是站在角落里，或者闭着眼睛独自沉浸或深深地叹息，这也是咏叹调。

这里特别想说我印象深刻的一场戏，在电影《只有云知道》里能够看到它。这一场戏真的引起了我对夫妻关系最深的感触。有的时候我们说爱对方、爱家庭，但这种爱对于演戏来说，该怎么表演出来呢？“爱”这个字的内容很宽、很广，我不知道该怎么演，但如果是具体到一件事情上，我就知道该如何表达它。比如通过角色的台词说出来，我自己也很想发泄，因为中国人说“我爱你”这样的话有些不好意思，我就觉得通过这个角色可以说一次。演员偶尔也可以自私一点点，角色可以是自己情感的一种传递或发泄渠道。所以这个戏是让我心里特别舒服的一场戏，而且它也让我表达了，所以这场戏是我的咏叹调。

我觉得自己的感受很重要，把它表达出来也很重要。所有的一切能让自己变得有自信就好了。谢谢。

康辉：

谢谢徐帆老师带来的一堂好课。今天我们通过这堂课了解了表演和生活，还是那句话，在人生的舞台上我们也需要扮演角色，也需要在不同的角色之间来回切换，一幕一幕不停地演下去。我们手里可能没有剧本，但是通过学习表演、了解生活，就可以做好自编自导自演者，演出一部无悔的人生大戏。

点亮思想之光，嘉奖向学之心。

《一堂好课》，我们下期再见。

航天课

主讲人 戚发轫

神舟飞船首任总设计师、中国工程院院士，曾任北京航空航天大学宇航学院院长、国际空间研究委员会中国委员会副主席，获 2019 年度国际宇航联合会名人堂奖项

康辉：

哲学家康德讲过一句话，世界上有两样东西能深深地震撼我们的心灵，一件是我们头上灿烂的星空，另一件是我们内心崇高的道德法则。为什么想起这句话？因为今天我们要上的是一堂航天课。这堂航天课上，我们讲的更多的不是技术，而是梦想，是人类亘古不变探索太空的梦想，是我们中国人从嫦娥奔月到万户飞天，再到如今神舟梦圆那一直不变的梦想。同时在这堂课上，我们还想更多地谈谈未来，谈谈我们将如何继续去追梦，而未来浩瀚的宇宙空间又将怎样继续迎接中国人的出发和抵达。这就是今天我想在这堂航天课上和同学们一起去探寻的问题，一起去寻找答案。

大家先来认识一下这堂课的课代表朱正廷。

朱正廷：

青年歌手，2018 年获得《偶像练习生》第六名

大家好，我是青年歌手、演员朱正廷，很开心能够担任这堂课的课代表。我之前参加过太空 C 计划，是这个项目的志愿者，希望今天和大家一起好好学习这节课。我们这个国家、这个民族真的需要更多的仰望星空的年轻人。

戚发轫：

同学们好，我们今天上航天课。

天的奥秘

应该从哪说起呢？那我就先给大伙交代一下，天是什么，天在哪儿，我们为什么要上天。大伙都知道，天是人类生活的第四环境，是国家主权的第四个疆域。人类早先由于科学技术的限制，只生活在陆地上，所以国家主权也就覆盖陆地。当科学技术发展到了海洋，国家主权也就随之扩大，产生了领海、海军和航海技术。一百多年前，科学技术又进步了，人类发明了飞机，国家的主权也延伸到了大气层，所以有领空、空军和航空技术。六十多年前，人类又进步了，穿过大气层，上了“天”，所以我们的国家主权也延伸到天上去了，有了领天、天军和航天技术。天就是我们国家主权的第四个疆域，是神圣不能侵犯的。

所以天和陆地、海洋、大气层一样，我们要关注它、爱护它、关心它。它在哪呢？我们航天事业的奠基人钱老（钱学森）说，它在大气层之外，整个太阳系。我们现在把它叫作天，但是在媒体上，有人把天叫作空间，也有人叫作太空或者宇宙。我现在的单位叫中国空间技术研究院，我们的上级部门叫航天科技集团公司，所以有太空、空间、宇宙多种叫法。这些称呼都没错，但是在中国比较规范的叫法是天——一个有中国特色的名字，所以我们叫航天员，不叫宇航员。天是人类生活的第四环境，是大气层外的整个太阳系。

我们知道，一个大国如果在航天领域没有作为的话，在当今世界上是没有地位的。天不仅关系着国家的主权，也是我们人类寻求资源的一个重要的方向。大伙都知道，地球的可开采资源越来越少了，人类要有危机感。科学家预见，五十年以后，地球上目前探明的石油、天然气可能就用完了。一百年之后，我们的煤炭也要用完了。人类下一步该怎么生活，而且要生活得好，就此科学家说只有三条路：上天，入地，下海。干吗去？寻求资源。

我们之所以要花那么大的力气上天，目的就是解决人类的生存问题，地球上的资源越来越少了，那天上有什么资源可以利用呢？大概有三种资源。

一是轨道资源。因为航天器要到天上去的话，它相当于是个天体了，它要按天体的运行规律运行，不像在地面，也不像在海洋，修一条路、开设一条航线就可以走了。在天上是有运行规律的，航天器必须在轨道上，轨道面一定要通过地心。所以通过地心的轨道是一个很珍贵的资源，也是很稀缺的。比方说地球上就有一条轨道，叫太阳同步轨道，就这么一条，很珍贵、很稀缺。在哪儿？赤道上空 36000 公里这个地方。假设在这个轨道上放一颗卫星，它发射的信号能覆盖三分之一的地球。这个资源太宝贵了，世界各国都在争取利用这个资源。

二是环境资源。我们人、动植物、物质材料在地球上都受到重力影响，但是在航天器上就可以克服地球的引力，你看在轨道上的航天员是飘浮的。在没有重力的情况下，人、动植物、物质材料会有什么规律呢？我们需要研究它。要探索浩瀚的宇宙，人就要离开地球，那么一切的物质材料也都要在这个环境中存在。微重力是一门科学，叫微重力科学。当年在没有航天技术的时候，怎么来研究它？造一个高塔，把东西从高塔上抛下，它会在很短的时间内失重，但是时间太短了，没法深入研究。现在在轨道上，一年 365 天都是失重的，给我们创造了一个很好的研究人、动植物、物质材料的环境，而这些研究对象在失重的情况下会有什么好的发展，又会有什么问题，就能够研究透彻。

另外一种环境资源是太阳系中的辐照。在地球上，辐照是减弱了很多的，但在天上，像庄稼、水果、蔬菜的种子，在没有重力、但有充足辐照的情况下，经过一段时间培育，它原本的基因会发生变化。再回来经过育种专家几代的培育、选种，可以培育出在地球上培育不出来的高产、高品质的种子，这就是利用了天的环境资源。

当然更重要的还是什么？太阳能。地球的能源越来越稀缺，而且一些能源还会造成污染。太阳能是一种绿色能源，我们一直在提倡和普及。但是太阳光穿过一百多公里厚的大气层会衰减得很厉害，还在很大程度上受天气的影响。而在大气层之外，没有衰减，没有夜晚，更没有下雨天，一年 365 天都有充足的太阳能。所以只有 20 世纪 50 年代发射的卫星，是用地面带上去的蓄电池，现在所有的卫星、所有的空间站、飞船都有两个大“翅膀”，有些不仅有两个，还有很多个。干吗呢？上天之后，所有的能源都来自太阳能，太阳能取之不尽，用之不竭，效率非常高。现在我们正在设想，甚至在策划建立一个在轨道上的太阳能发电站。把太阳能变成电能，然后传送到地球，给人类解决能源稀缺和污染的问题。应该说现在的技术已经有可行性了，比如说无线充电技术。所以说，天上的资源是很丰富的。

三是待探寻的资源。大家都知道，地球的资源很稀缺，但是太阳系有这么多的行星，八大行星有的还有自己的卫星。咱们地球只有一个卫星——月球，但是火星、木星它们有多个卫星，还有无数的小行星，这里头有没有地球上稀缺的东西呢？有没有适合人类居住的行星呢？这就是我们探索浩瀚宇宙、认识宇宙最长远的目标。

大家都知道，月球与地球的距离最短，是 38 万公里，所以人类首先探测月球。美国人从月球拿了几十公斤东西回来，苏联也拿了几十个东西回来。他们都在研究，比如分析有没有水，有没有地球上稀缺的资源。中国也在做这个研究工作。美国人为表示和中国友好，给了中国一颗从月球带回来的石头，这非常珍贵。我们把一半放在了天文馆展览。另一半给了谁？欧阳自远。但他不是航天专家，他是地质学家，现在研究天体地质。他根据公开的资料和这半颗月球的石头，预测月球上有一种地球上非常稀缺的元素氦 -3，它是核能发电的材料。他说月球上有几百万吨的氦 -3，够地球上的人使用上万年。再比如，有的小行星本身就是一种稀有的矿，假如我们有办法把小行星拿到地球上来利用，就不需要采矿了。应该说，太阳系里除了轨道资源、环境资源我们可以利用，还有很多的物质资源有待开发利用。

回到前面我给大家提出的几个问题。天是什么？天在哪儿？为什么要上天？天上有什么东西？大伙现在应该不那么陌生了。作为个人，在浩瀚宇宙中很渺小，但是人类是伟大的。人类要探索浩瀚的宇宙，要利用浩瀚宇宙为地球上的人类服务。

中国航天史

下面就讲讲咱们中国的航天历史。中国的航天从什么时候开始呢？1956 年，中国成立了国防部第五研究院，那个时候卫星还没有上天，也没有航天这个概念，研究什么呢？导弹。

我 1957 年从北京航空航天大学（过去叫“北京航空学院”）毕业。国家需要研究航天的人，就把我分配到了国防部第五研究院。这是社会发展必然的道路，也是我们应该走的路。从那开始，六十多年，我们从一个连造汽车都很困难的国家，慢慢发展为现在的航天大国。那么归纳起来的话，我想有三种能力中国是具备了的。第一种是什么呢？进入太空的能力。你要能上得去天。第二种，天上有这么多资源，你要有利用太空资源的能力。你只是上去天了，不能利用资源没有用。第三种，既然涉及国家主权，我

未来将会运行的天宫三号空间站模拟图

们得有捍卫太空主权的能力。中国具备了这三种能力，而且与世界其他国家比较起来，能力也是一流的，所以我说我们是航天大国。

那么我先讲进入太空的能力。大伙儿都知道，天在大气层之外，靠航空技术是不能完成这个任务的，因为航空离不开大气层。飞机能飞起来要靠大气的升力，发动机能工作需要大气里的氧气，离开了大气层，航空的技术就远远不够了。得靠什么呢？航天技术。航天技术的基础是什么？就是运载火箭。运载火箭可以脱离大气层，当一个物体达到了第一宇宙速度，就可以克服地球的引力，像一个天体那样，按照它的轨道来运行。这是进入太空的能力。

中国什么时候拥有的这个能力？1970 年 4 月 24 号，中国用长征一号运载火箭把东方红一号卫星送上了天，表示中国人能把卫星加速到第一宇宙速度，脱离地球引力上天了，这是很光荣，也是很令人难忘的事情。我很荣幸参加了那次工作，我们是世界上第五个具备这个能力的国家。虽然是第五个，但我们运载火箭进入太空的能力最大。第一颗，苏联的卫星是多重呢？约八十三公斤。美国是多少呢？八点几公斤。法国是多少？约四十二公斤。日本是多少？九点四公斤。这四个国家的加起来一共一百四十几公斤。东方红一号卫星是多重？一百七十三公斤，比前四个国家的加起来还要重。因此，虽然我们时间上晚了，但是中国进入太空的能力是更大的，我们也感到自豪，而且我们卫星还挺先进的，能“唱歌”，能探测。

航天应用的三大领域

相比进入太空的能力，利用太空的能力很多、很复杂，包括各种各样的航天器。概括起来有三大应用领域：第一个领域，是应用卫星；第二个领域，就是载人航天技术，人要上天，要解决人在天上生活、工作的一切技术问题；第三个叫深空探测技术，要探索浩瀚的宇宙，就要把宇宙中这些大的行星、有用的卫星、小行星搞清楚，进而能够利用它们。这三部分就是利用太空的能力。

在21世纪刚开始的时候，美国前总统小布什讲过，在新世纪谁能够有效地利用太空资源，谁就能获得额外的财富和安全。我们中国当然要利用好它。首先，卫星应该说是各种各样的。如果按功能来分，第一类是传输信息的。现在这么多的信息，从这儿传到那儿要靠卫星。我举一个例子，中国中央电视台的节目要覆盖全国、全世界，依靠什么？通信卫星。我们当年没有通信卫星的时候，中央电视台的节目靠微波中继传输。每隔50公里建一个站，就这样向全国来覆盖，但只能覆盖人口的百分之三十几，而不是全国人民都能看到中央电视台的节目，因为没有通信卫星。

1975年，中央决定研发中国的通信卫星，叫“三三一工程”，花了九年的时间。1984 年的 4 月 8 日，东方红二号卫星从西昌卫星发射中心发射，我们用长征三号动力火箭把它送到了 36000 公里远的赤道上空，定点在东经 125 度，这相当于什么呢？相当于把我们中央电视台的天线送到了静止轨道，它的信号能覆盖三分之一的地球表面，当然中国就不在话下了，这个效益是很大的。现在我们的通信卫星有 3 号、4 号、5 号，制造的通信卫星不仅中国在用，还已经整星出口（火箭、卫星及轨道交付一站式的商业卫星服务）到非洲的尼日利亚、南美的委内瑞拉和哥伦比亚、欧洲的白俄罗斯、亚洲的老挝和巴基斯坦，应该说走向了全世界。过去中国没有中继卫星，所以 2003 年杨利伟上天的时候，当他处于地球的背面时是不能跟家里通话的。现在我们在赤道上空，每 120 度放置了一颗通信卫星，起到中继作用。现在我们的航天员在地球上空的任何地方都能和家里随时联系。

卫星的第二类功能是信息获取，这需要在地球的三种不同轨道上发射遥感卫星。我们拥有很好的遥感器，能够获得地球上所有的情况。但这有

火箭发射

个发展过程，最早靠什么？靠可见光相机，但晚上照不到，下雨、迷雾天也照不到，后来发展到用红外，现在是雷达、微波，各种各样的遥感器，分辨率越来越高。到目前阶段为止，应该说地球是公开的，谁都没有秘密。世界上只有四个国家既有静止轨道的又有极地轨道的卫星。中国现在有气象卫星、有海洋卫星、有资源卫星、有减灾卫星，当然也有军用卫星。

卫星的第三类功能是信息发布，比如大家经常使用的定位导航，就需要用到导航卫星。这是一个国家必不可少的重要工具。世界上最早有全球导航定位系统的是美国，为了挣钱，允许其他国家用它的信号，但是要用它的信号，必须买它的终端，终端很贵。但假如是高精度的、军用的，美国是关闭的。比如军队的精密大型武器，需要打击一辆行驶的汽车，或者要击中一个建筑物，需要用卫星导航定位，能用别人的吗？所以中国必须要建立自己的、覆盖全球的、自主的、可控的导航定位系统。北斗一号是自己区域性的国土覆盖，北斗二号是亚太地区，现在北斗三号是全球的。到 2020 年，我们就在全球三种不同轨道上，布置了 30 多颗卫星，为中国导航定位。民用领域是经济发展不可或缺的，军用是捍卫国家主权必不可少的。

就说从卫星系统来看，中国有传输信息的、获取信息的、发布信息的，应该说我们充分利用了这个轨道的资源，服务于我们国家的社会发展、科技进步、国防建设。

现在中国有多少卫星在天上呢？ 300 多颗。世界上一共有多少颗呢？有 1000 多颗。比我们卫星数量还多的国家是美国，它们有 500 多颗，但是中国每年发射的卫星数量，近四五年都是世界第一，所以我想从数量上赶超还是有望可及的。在应用卫星这个领域，我们国家拥有很大的能力。

太空发展的第二个领域是载人航天技术。历史上第一个敢于冒险上天的就是中国人。在四百多年前，有一位古人叫万户，他用当年的技术搞了一个大的椅子，绑了四十几个固体“火箭”，拿了两个大风筝就准备上天，但是壮烈牺牲了。所以现在月球上有座环形山，就取名“万户”来纪念他。虽然说我们中国人是第一个梦想要上天的，但是真正做到还是得等20世纪。大家都知道，我们第一颗卫星发射成功是在20世纪70年代。那个时候美苏两个超级大国从技术上、科学上，正在搞载人航天比赛。但人上天到底要做什么呢？大家都没搞清楚，航天比赛只是一种典型冷战思维的结果。

在这种情况下，我们中国空间技术研究院的院长钱学森说，在这么一个大的热潮里头，中国也得做准备了。所以那个时候我们也有个任务叫“七一四工程”，即1971年4月份，中国也要做一个飞船上天，叫曙光一号。但是当时意见不一致，我们在技术上也不过关，遇到了很多困难，所以到1975年的时候，周总理说，我们不跟他们搞比赛，我们把地球的事管好吧。那中国搞什么呢？还是搞卫星，所以到1984年，中国就有了通信卫星。1986年时，世界形势发展很快，中国的形势也很好，这时有四位科学家王淦昌、王大珩、杨嘉墀、陈芳允给邓小平同志写了一封信，信中提到目前的科学技术发展很快，中国也得参与高新技术。小平同志很敏感，马上决定搞“八六三计划”，其中有一项就涉及中国载人航天。经过专家五年的论证，得出三条结论：第一，中国人这个时候得上天了，而且要快，否则就跟不上了；第二，中国人要上天，不能用航天飞机，只能用飞船。这是很正确、很英明的决策。美国人搞到现在，证明研发航天飞机是个错误的方向。假如说中国当年决定要用航天飞机的话，我想杨利伟现在也上不了天，因为航天飞机比我们的大飞机要复杂得多了，它很先进，但是不适合中国的国情。更重要的是，它原来想要达到什么目的呢？降低成本，多次使用，可是实际使用回来了以后，烧的部分都烧坏了，修一次、换一次的成本比一个运载火箭还贵，所以投效比太低。还有，万一出了事，怎么把航天员救回来呢？结果五架航天飞机摔了两架，死了14个人，这是无法交代的。所以我们决定不用航天飞机而用飞船，确确实实太英明了。第三，就是要做飞船的话，需要准备什么？所以到了1992年，水到渠成。大家认识一致，技术目标也很清楚，人上天再回来不是主要目的，人上天的目的是要建立空间站。空间站是为了能够研究这个空间环境，利用这个空间环境。所以咱们要分三步走：第一步载人飞船阶段，第二步空间实验室阶段，第三步是建空间站阶段。

从1992年载人航天项目立项开始，我就承担了这个第一阶段的任务。我们花了七年的时间，1999年把神舟一号送上天了，花了十一年，把杨利伟送上天了，应该说第一阶段的载人飞船任务圆满完成了。那时候我已经70岁了，所以那一年就离开第一线了。

第二阶段是空间实验室阶段。它的目的是什么呢？为建立空间站做技术准备，突破关键技术难点。第一个关键，人要出舱。因为人上天了还要出舱在太空中去修理组装的空间站，以后还需要在轨道上修理损坏了的卫星。这是出舱。谁完成了这个任务？乘坐神舟七号的翟志刚。第二个关键是什么？交汇对接。两个航天器要能够在轨道上交汇，对接在一块儿。咱们神八、神九、神十完成了这个仼务，而且完成得很圆满。第三个技术是什么呢？补加技术。因为在天上，航天员要长期驻留，不是一天两天，要成年累月的工作；还不是一个人，是几个人，要吃、要喝、要氧气、要补给。所以要能把几吨重的东西送上天，要有货运飞船。最后还有一个关键问题是什么？是要能够长期驻留，再换一句话说，就是掌握再生式生命保障的技术。因为送是可以送的，但送不起，一小瓶水可能要几万块钱送上去，时间久了送得起吗？人呼吸的氧气也需要用高压气瓶往天上送。想降低费用就要再生。怎么再生呢？这水人喝了，排泄了，收集起来处理后，电解出氧气，那地面上就不用再送氧了，可以循环利用。还要解决人的吃饭问题，建立一个人工可控的生态环境，种一些蔬菜、菌类，给航天员提供饮食。

这个技术关键是什么时候突破的呢？在天宫二号空间实验室解决了，咱们有两个航天员在天上生活了三十天，就是靠这种技术来保证的。

所以到 2019 年为止，中国这四个航天技术都圆满实现了，第二阶段也结束了。下一步干吗呢？就是要建立空间站，现在空间站已经在制造了，当然必须等到长征五号发射成功，把我们二十吨重的空间站的一个核心舱——天河一号送上天，然后再不断地加上其他的实验舱，建成中国自己的空间站。世界上能做到这件事的国家目前就三个：中国、俄罗斯、美国。

最后讲太空发展的第三个领域：深空探测技术。想把浩瀚宇宙中这些星体都搞清楚是很困难的，要一个个来。我们中国也是从月球做起，同样也是分三步走。第一步是绕月飞行，嫦娥一号、嫦娥二号已经圆满完成了任务，在不同高度把月球的表面情况搞清楚了，为落月找到了合适的地点。

第二步就是落月。因为月球和地球公转、自转的关系，月球有一面是永远背着地球的，所以在地球上的人永远看不到那一面。2018 年，我们把嫦娥四号送到了月球背面。此前还没有任何一个国家把巡视器——即月球车送到月球的背面，我们中国做到了别国没有做到过的事情，在世界上引起了轰动。

第三步，就是从月球上拿一点东西回来。如果顺利完成，我们就能分析月球上的标本，月球上是不是有那么多的氦 -3？还有什么其他东西吗？所以探索月球是有计划地按步骤来完成的。那除了月球，火星去不去呢？但火星不是想去就能去的，只有它离地球最近的时候，去才最方便，每 26 个月有那么一次机会。中国如果探索火星，我们的目的既不是去，也不是绕，更不是落，而是要把火星车送上去，一次性完成三件事情：绕、落、巡视。

在利用太空这个能力的三个领域里，我们中国都取得了比较大的成绩。

适宜人类居住的火星基地模拟图

伟大的事业都始于梦想

现在讲第三个能力，捍卫太空，保护国家主权的能力。太空也是国家主权的疆域，中国到目前为止，共有 300 多颗卫星在天上，我们将来会有太空空间站，会有航天员住在上面，还有火星探测器等。总的来讲，太空中布满了中国的航天器，这也关系我们国家的主权，神圣不可侵犯，我们要有能力保卫它们。

2007 年 1 月，我们国家用一颗导弹把自己已经失效了的气象卫星给打了下来。这件事震动很大，也表明了我们国家具备了这个能力。但我们现在面临的挑战仍然很严峻，我们这一代人解决了有和无的问题，那下一代将面临什么问题呢？如何赶超拥有更发达航天技术的国家？

我们靠什么来完成这个任务？我认为最重要的是，要有一个强大的梦想，要有一种精神的力量。在嫦娥四号发射成功的时候，习主席给嫦娥四号的队伍做了一次讲话，其中有一句话，我觉得可以与同学们共勉：“伟大的事业都始于梦想，基于创新，成于实干。”应该说，中国六十年的航天事业取得了很大的成绩，但更重要的是，我们的航天事业形成了自己独有的文化和精神。它虽然是无形、看不到也摸不着的，但是它拥有巨大的力量，能够推动我们的队伍克服困难。为了宣扬这种精神，中央在 2016 年把每年的 4 月 24 号定为航天日，目的就是铭记历史、传承精神，激发全国，尤其是全国的青少年，崇尚科学、探索未知、敢于创新的精神，为中华民族伟大复兴汲取力量。

最后我想给同学们讲一讲，六十年来中国航天事业铸就了什么精神，以及为什么要提倡和宣传。

航天精神形成于航天事业创建初期，20 世纪五六十年代，国家向每个航天人提出了“自力更生、艰苦奋斗、大力协同、无私奉献、严谨务实、勇于攀登”的号召。应该说，这每一个词语都可以讲一个故事，写一篇文章，但今天我就只讲它的核心。核心就是“自力更生”。一个国家、一个民族、一项事业，包括个人，要想发展，要想强大，要想超过别人，要靠自己，要自力更生，靠不了别人。对于这一点，我们六十年来有深刻的体会。

1957 年中苏关系比较好，经过谈判，苏联承诺要帮助中国发展导弹事业，所以派了专家，也给了资料，还来了一个导弹营，带着两发导弹来帮助中国了。我有幸 1957 年毕业，赶上了这个好机会，不仅看到了导弹，我还跟着技术员测试导弹，应该说对我们国家帮助很大。但是 1958 年后，因为政治上的原因，中苏关系就产生分歧了。苏联不仅不接受中国军人到他们的军事院校去学习，甚至到了 1960 年把专家都撤走了，把资料也带走了，给我们设置了很多障碍，怎么办？只能靠自己试验。我们的导弹发射虽然成功了，但是这个导弹很落后，是第二次世界大战德国人使用过的，苏联人把改装后的管道给了我们，没有实战的价值，我们要研制自己的导弹——东风二号。1962 年在酒泉基地试射，因为缺乏经验和急于求成，试验失败了。你们可能在网上都看到过当时的视频，这对我们打击太大，国家花了这么多钱、这么多时间，到了靶场，导弹却失败了。但是我们当年有个领导说失败是成功之母，总结经验再干。所以我们又苦战了两年，确实认识到了要按程序办事，要把技术搞透。随后 1964 年终于达成了，完全靠自己，人家给我们指导那么多的“坑坑洼洼”，我们都改过来了。

我们搞航空的都知道，外国有很多材料器材卡着中国，当年跟德国合作的时候，因为其中有美国的一个器件，不准卖给中国，因此合作也无法进行了。当年需要靠自己，要自力更生。以现在面临的国际形势，我们更要靠自己。所以我觉得航天精神虽然那么多话，“自力更生”是核心，这是我第一个要讲的。

第二个要讲的是“两弹一星”精神，什么时候提出的呢？改革开放以后，1999 年提出来的：热爱祖国、无私奉献、自力更生、艰苦奋斗、大力协同、勇于登攀。表面上看和航天精神差不多，但加了一句：热爱祖国。这个“热爱祖国”为什么在航天精神里不提？那是因为在 20 世纪五六十年代爱国不需要讨论，不用教育，也不用上课。我们那一代人都感受过中国落后、挨打、受气，这也是形势给我们的感受。所以我从小就有一种信念、一种理想：一定要学航空，造飞机，保家卫国。

讲讲我们的老同志，以钱学森为首的一大批从国外回来的专家们。他们在国外的生活条件很好，工作条件也很好，但他们一定要回国。钱学森被美国软禁了五年，最后是周总理在日内瓦谈判，用美国的战俘把他换回来的。他为什么要回来？因为他也感受到了中国的落后，要为新中国的强大贡献力量。所以我说，那一代人不用去教育爱国。国难当头，保家卫国，为国效力，这是他们自觉的动力。但是到了 1999 年，我们年轻一代的同志缺乏这种苦难教育，他们没有经历过老一代人受过的那个苦、受过的那个难，也对今天这么好的条件没有特别的感觉。所以需要提倡，需要教育，需要让年轻一代铭记历史，体会今天的一切来之不易。一个人有了爱，才能把最宝贵的东西奉献出来，无私奉献。这也是为什么在1999年的时候要提倡“两弹一星”精神。比方说我们搞东方红一号的时候，要保证《东方红》乐曲不变调，要不出问题。周总理亲自过问，这东方红卫星上了天，《东方红》乐曲会不会变调乱叫？这个问题确实很难回答，但是能想到的、能做到的实验我们都想了、做了，都没有问题，就是没上过天。在搞东方红一号的时候要做低温实验，但因为没有低温实验室，只能在海军的冷库里头进行。下面又是鱼又是肉，我们就在那里做实验。夏天穿的塑料鞋，出来以后都变脆了，碎了，但就在那种环境下我们完成了这个任务。

现在我们每个人能把自己的岗位工作做好，同学们把学习学好，老师们把课上好，国家就强大了，这就是爱国。爱国不是什么高不可攀的事情，但是会遇到困难，要放弃一些东西。你该放弃的还得放弃，这就是无私奉献。

第三个要讲的是载人航天精神：要特别能吃苦，特别能战斗，特别能攻关，特别能奉献。这是1992年到2003年中央宣传的精神，我也是这段时期的亲历者。靠着这股精神力量，花了十一年，中国航天人把杨利伟送上天了。

这次我没能像前两次那样，一下子就抓住核心，心想天天说吃苦，天天说奉献，还会不会有年轻人来呢？我也想了很久才明白，在国家有特殊需要的时候，我们每一个中国人——航天人、航空人、年轻人——都要有这种精神。

那么在20世纪90年代有什么特殊的呢？代号“九二一工程”又有什么特殊？我讲几件事情你们就能体会到。那个时候社会上流传着一句话，叫“搞导弹的不如卖茶叶蛋的，拿手术刀的不如拿杀猪刀的”。如果同学们没听过，问问你们的父亲或者其他长辈一定知道。那个时候的知识分子，搞技术的、搞国防的科研人员，确实待遇很低，也不是非常得到重视。很多年轻人因为待遇太低，负担不起家庭。尤其是东北，好多国有企业倒闭，发不了工资，那该怎么办呢？只能下海，到外企去，到民企去，出国去。我当时是院长，很多人才走了，我舍不得，很心疼。但是我也没有办法让他们不走，我也不责备他们，因为现实就是这么个情况。但是，国家突然下达载人航天的任务，而且争八保九，即争取 1998 年，确保 1999 年发射。这时候需要有些人不走，留下来，这是一个考验。确实有些同志留下来了，不走，咱们的校友袁家军（当年是我的助理）、张柏楠（现在是载人航天的总工程师）、杨红（现在是空间站的总工程师）等，就是有这么一帮人没走，他们留下来了，愿意拿“不如卖茶叶蛋”的待遇。我很敬重他们，也很佩服他们，当国家有需要的时候，具有这种奉献精神，这既是锻炼，也是机遇。

另外一个对我自己来讲，也有考验。我一辈子都是领导叫做什么就做什么。我原本是学航空的，领导要我去搞航天，我愿意；后来叫我搞运载火箭，我也愿意；搞完运载火箭又开始让我搞卫星，我也愿意，因为国家需要嘛。但是到最后搞完了卫星，又叫我去搞飞船，我不愿意了，为什么不愿意呢？太难了。载人航天，人命关天，我能承担吗？其次，无人航天器和有人航天器除了要求安全可靠之外，还要学很多东西，什么仪表、照明、救生、防空、生保，等等。最后，领导也给我们要求，试验可以失败，但航天员不能牺牲。所以那个时候我就感觉压力很大，但是我们当年的观念、价值观，就是坚持国家的需要就是我们的需要。所以在这种情况下，我也接受了这份重责。但是我知道这份责任有多重，也知道为什么是这样。

大伙都知道，我是 1930 年代生的，袁家军这一代是 1960 年代生的，几个副总师跟我差不多的岁数，这几个老头带了这么多年轻人，在这么一个情况下，组织这么一支队伍，还要争八保九。美国人的航天飞机死了

14个航天员，苏联也有七八个，但我们要保证自己航天员的安全。这对我们来讲，压力太大了，怎么办呢？

群众是有智慧的，两位副总师和队伍中的一些人参与过返回式卫星，我们国家在这个领域很成功，世界上也只有三个国家能够做到。返回式卫星回来以后，外面都烧坏了，但是里面的仪器经过检测以后，还正常。这是我们一个实际的经验，我们的老同志就设想，能不能把我们地面做实验的这些设备改装成为第一发神舟一号试验飞船。这是种冒险，以前没做过，需要担当。但是再想一想，我们不是纯粹的冒险，是有科学根据的。而且现在来看，我们还有超前认识。同学们都知道美国有个埃隆·马斯克吧？他是做什么的呢？研制可重复使用的运载火箭：把卫星送入轨道后，再把运载火箭回收，修理之后再发射上天。虽然他屡试屡败，屡败屡试，但最后成功了。我们那时候的这个方案，不管从经验，还是从设想创新思维来看，都是比较好的。经过努力，1999年我们把试验达成了，试验飞船不仅回到中国，而且离预定的落点只差10公里，这是世界最精确的。

到了2003年，“神五”要上天了，全国各个协调单位要把提供的产品交到航天城，我们要验收，要组装，要测试，要实验，要几个月的时间才能把产品送出去。当时北京出现了“非典”，情况很紧张，在特殊情况下，我也下了决心，凡是进了航天城的人管吃管住，但不能回家，更不能离开北京，就住在这儿。合理吗？挺不近人情的，但是国家有需要，为了保证“神五”能按时出场，顾全大局、坚守岗位，只能这样了。

另外我再给同学们讲个小故事。当年我搞东方红三号的时候，和德国人有很多的交流。德国人对中国很佩服，说你们一年能够发射两艘飞船，有什么好办法？能不能介绍介绍，让德国人也学学。我逗他说保密，不能跟他讲，而且就算我讲了，德国人也做不到。他说不可能吧？不相信中国人做得到，德国人做不到。我说之前到他们公司去参观过，同样是搞卫星，他们老板为了保证质量，星期一和星期五员工绝对不做精密的重要的工作。因为星期六就要休假了，星期五要打电话找朋友联系，很分心；星期一没玩够，还没收心。所以德国人为了保证产品的质量，星期一、星期五不做重要的精密的工作。我们中国航天人怎么做？白天做，晚上做，星期六星期天也做，过年过节也做。我们中国人凭什么做得又快又好？就是凭借着这股精神，而且我们的成功率很高，说明管理严格。我想表达什么意思呢？在国家有特殊需要的时候，我们要有这种奉献精神。但是我也不主张每天都是这么做，既不容易保证质量，也不适于创新。天天这么忙，哪有工夫去想那些新的事？但是可能会出现特殊情况，要有这种思想准备。

说实在的，现在我国航天的发展压力还是很大，虽然大家都说我们是个大国了。人家问我："戚总啊，中国算老几？人家外国人说咱们算老三。"为什么呢？因为中国搞了这么多大的工程项目，载人航天、深空探测、探月、北斗。但是我们还有一些东西有待提高，因为航天领域挺大的，包括航天技术。虽然中国跟外国在航天技术上的差距不是太大，但是空间科学就落后很多。探索浩瀚的宇宙，我们就到了月球，火星还没去过，人家八大行星都去过了，这就是差距。另外我们中国卫星的数量是世界上第二多，但是我们利用得并不好，没有彻底开发好这么多的资源，包括如何落地，形成一个大的产业链，给国家创造财富。从这个意义上讲，中央也提出航天事业要三个领域平衡发展，我们现在还不平衡。

给大伙讲这个是什么意思呢？虽然中国的航天事业确实取得了很大的成绩，在世界上也被人家很看得起，但是我们自己要明白，要想在第二个一百年成为科技强国，要在2035年左右成为航天强国，挑战很严峻。要知道，这个任务在年轻人的身上，希望大伙努力。还是按习主席那句话，"始于梦想、基于创新、成于实干"，我相信同学们一定干得比我们好。

康辉：

人类自诞生起，就有终极的那一问：“我是谁？从哪来？到哪去？”而探索浩瀚的宇宙空间也是人类认识自己最重要的方式之一，就像戚发轫老师讲课的时候说到的那样，人类在探索太空的时候，会时刻感受到自己的渺小，但人类仍将继续探索，这也正是我们真正伟大之处。谢谢戚发轫老师，也感谢所有同学的陪伴。

这是《一堂好课》的最后一课。我们共邀请了十二个领域内的十二位大家走进校园，走进军营，走进赛场。我们特别希望每一堂好课都像一个小小的火种，能真正点亮思想之光，也希望《一堂好课》永不下课！

《一堂好课》也许不能给每一个人一根点石成金的魔法棒，但我希望它可以让你在生活当中去多发现一点美，也希望在未来所有的拼搏和奋斗当中，你能够心怀一分宁静、一分警醒。希望每一堂好课都是一段美妙的旅程，能让你回想起时永远充满希望，充满力量。

点亮思想之光，嘉奖向学之心！同学们，再见。

《一堂好课》电视节目主创名单

总　策　划　朱彤

艺术指导　郎昆

制　片　人　周晓晗

总　导　演　周晓晗　汤浩

文学总撰稿　柳广亭　于新玲

视觉总监　胡增鸣

总　导　播　卢刚

导演组组长　雷洋　申浩

导　演　组　自翔　佘志刚　苏航　付丹迪　白果而　苏裴　周佳乐
唐赛子　云扎布　谢楚菡　郭筱稣　孙晓燕　赵玲晖
胡江良　李承霖　纳森　王俊滨　王艺　徐祎璠

宣传总监　李英晟　宣沂

总制片人　吕逸涛

监　　制　郎昆　陈小雨　余建军

总　监　制　朱彤

微信扫一扫
即可免费收听全书

一堂好课

产品经理｜陆如丰　　装帧设计｜向典雄
技术编辑｜白咏明　　责任印制｜梁拥军
产品监制｜许文婷　　出 品 人｜路金波

图书在版编目（CIP）数据

一堂好课 / 周晓晗主编. -- 济南 : 山东文艺出版社, 2020.11

ISBN 978-7-5329-6218-1

Ⅰ. ①一… Ⅱ. ①周… Ⅲ. ①名人－演讲－中国－当代－青少年读物 Ⅳ. ① I267-49

中国版本图书馆 CIP 数据核字（2020）第 135746 号

一堂好课

周晓晗 主编

主管单位 山东出版传媒股份有限公司
出版发行 山东文艺出版社
社　　址 山东省济南市英雄山路189号
邮　　编 250002
网　　址 www.sdwypress.com

读者服务 0531-82098776（总编室）
0531-82098775（市场部）
电子邮箱 hbcb@sdpress.com.cn

印　　刷 河北鹏润印刷有限公司
开　　本 710mm × 1000mm 1/16
印　　张 14.25
印　　数 1-20,000
字　　数 182千字
版　　次 2020年11月第1版
印　　次 2020年11月第1次印刷
书　　号 ISBN 978-7-5329-6218-1
定　　价 58.00元